当代中国
经典
小小说

第一卷

1

First
volume

第28个
春天的
卡布奇诺

The 28th Cappuccino
in Spring

任晓燕
秦　俑
──────
主　编

中国言实出版社

图书在版编目（CIP）数据

第 28 个春天的卡布奇诺 / 任晓燕，秦俑主编 . -- 北京：
中国言实出版社，2019. 3 （当代中国经典小小说；1）
ISBN 978-7-5171-2804-5

Ⅰ . ①第… Ⅱ . ①任… ②秦… Ⅲ . ①小小说－小说集－
中国－当代 Ⅳ . ① I247. 82

中国版本图书馆 CIP 数据核字（2019）第 047111 号

出 版 人：王昕朋
总 监 制：朱艳华
责任编辑：宫媛媛
责任印制：佟贵兆
装帧设计：7 拾 3 号工作室

出版发行　中国言实出版社

　　地　　址：北京市朝阳区北苑路 180 号加利大厦 5 号楼 105 室
　　邮　　编：100101
　　编辑部：北京市海淀区北太平庄路甲 1 号
　　邮　　编：100088
　　电　　话：64924853（总编室）64924716（发行部）
　　网　　址：www.zgyscbs.cn
　　E-mail：zgyscbs@263.net

经　　销　新华书店
印　　刷　北京温林源印刷有限公司
版　　次　2019 年 5 月第 1 版　2019 年 5 月第 1 次印刷
规　　格　880 毫米 ×1230 毫米　1 / 32　7.75 印张
字　　数　180 千字
定　　价　46.00 元　　ISBN 978-7-5171-2804-5

编选前言

作为小说之一种，小小说的起源与中国古代文学的发展几乎是同步的：早期的神话故事、民间传说与《孟子》《庄子》《韩非子》里的一些寓言故事，可以算作是虚构叙事文学最早的源头；《左传》《战国策》《史记》等史传中，有一部分文章非常精短，人物性格鲜明，故事曲折精彩，基本具备了小小说写人叙事的特征；而《世说新语》、唐元话本、《太平广记》、《阅微草堂笔记》、《聊斋志异》中的诸多篇什，已初具小小说文体的雏形。但是，从文体规范上讲，这些作品仍属于民间传说、寓言故事或笔记小品，还没有形成完整的现代意义上的小小说文体特征。小小说作为一种真正有尊严的、独立的文体存在，应该是现当代文学史近几十年的事情。

特别是二十世纪八十年代以后，手机、网络与碎片化阅读的兴起，为小小说的繁荣提供了契机。经过数十年的发展，小小说不仅吸引了遍及全国、数量庞大的作者与读者群体，也出现了月发行量数十万份的标志性刊物，有近百篇小小说作品被选入大中小学语文课本，逾百位小小说作家加入中国作家协会，全国性的小小说笔会、征文、研讨此起彼伏，小小说的读写、报刊、图书、自媒体等热潮相继涌现。2010年，中国作家协会修订发布《鲁迅文学奖评奖条例》，正式明确将小小说文体纳入鲁迅文学奖评选序列。2018年8月，第七届鲁迅文学奖评选揭晓，冯骥才先生的《俗世奇人》（足本）

以"俗雅融通、拈轻成重的经典之魅",为小小说赢得了鲁奖开评以来的破题"首奖"。这个事件,被业界解读为小小说这一新兴文体走向成熟的重要标志。

在这种背景下,中国言实出版社与《小小说选刊》共同策划编选《当代中国经典小小说》系列图书。我们从1949—2018年间发表出版的小小说中,精心遴选了一部分具有经典意味、突显时代精神的小小说佳作,汇编成册予以出版,一方面是为了向新中国成立七十周年献礼,另一方面也是对数十年小小说创作成就的一个梳理与总结。书中所选作品立足人民大众,关注社会现实,彰显艺术力量,以小小说这一适合时代发展的文学样式,书写中国故事,弘扬时代精神,从不同时期、不同艺术风格显示了小小说文体的独特魅力。我们相信,本书的出版,会为小小说的阅读、写作与研究提供一个很好的范本,也期待读者朋友们为我们的编选工作提出好的意见与建议。

任晓燕　秦俑

2019年2月28日

目录

苏 七 块

冯骥才

苏大夫本名苏金散，民国初年在小白楼一带，开所行医，正骨拿环，天津卫挂头牌。连洋人赛马，折胳膊断腿，也来求他。

他人高袍长，手瘦有劲，五十开外，红唇皓齿，眸子赛灯，下巴颏儿一绺山羊须，浸了油似的乌黑锃亮。张口说话，声音打胸腔出来，带着丹田气，远近一样响，要是当年入班学戏，保准是金少山的冤家对头。他手下动作更是"干净麻利快"，逢到有人伤筋断骨找他来，他呢？手指一触，隔皮戳肉，里头怎么回事，立时心明眼亮。忽然双手赛一对白鸟，上下翻飞，疾如闪电，只听"喀嚓喀嚓"，不等病人觉疼，断骨头就接上了。贴块膏药，上了夹板，病人回去自好。倘若再来，一准是鞠大躬谢大恩送大匾来了。

人有了能耐，脾气准格色。苏大夫有个格色的规矩：凡来瞧病，无论贫富亲疏，必先拿七块银圆码在台子上，他才肯瞧病，否则决不搭理。这叫嘛（天津方言）规矩？他就这规矩！人家骂他认钱不认人，能耐就值七块，因故得个挨贬的绰号"苏七块"。当面称他苏大夫，背后叫他苏七块，谁也不知他的大名苏金散了。

苏大夫好打牌。一日闲着，两位牌友来玩，三缺一，便把街北不远的牙医华大夫请来，凑上一桌。玩得正来神儿，忽然三轮车夫张四闯进来。往门上一靠，右手托着左胳膊肘，脑袋瓜淌汗，脖子周围的小褂湿了一圈。显然摔坏胳膊，疼得够劲。可三轮车夫都是赚一天吃一天，哪拿得出七块银圆？他说先欠着苏大夫，过后准还。说话时还哼哟哼哟叫疼。谁料苏大夫听都没听，照样摸牌看牌算牌打牌，或喜或忧或惊或装作不惊，心思全在牌桌上。一位牌友看不过去，使手指指门外，苏大夫眼睛仍不离牌。"苏七块"这绰号就表现得斩钉截铁了。

牙医华大夫出名地心善，他推说去撒尿，离开牌桌走到后院，钻出后门，绕到前街，远远把靠在门边的张四悄悄招呼过来，打怀里摸出七块银圆给了他。不等张四感激，转身打原道返回，进屋坐回牌桌，若无其事地接着打牌。

过一会儿，张四歪歪扭扭走进屋，把七块银圆"哗"地往台子上一码。这下比按铃还快，苏大夫已然站在张四面前，挽起袖子，把张四的胳膊放在台子上，捏几下骨头，跟手左拉右推，下顶上压，张四抽肩缩颈闭眼呲牙，预备重重挨几下。苏大夫却说："接上了。"当下便涂上药膏，夹上夹板，还给张四几包活血止痛口服的药面子。张四说他再没钱付药款，苏大夫只说了句："这药我送了。"便回到牌桌旁。

今儿的牌各有输赢，更是没完没了。直到点灯时分，肚子空得直叫，大家才散。临出门时，苏大夫伸出瘦手，拉住华大夫，留他有事。待那二位牌友走后，他打自己座位前那堆银圆里取出七块，往华大夫手心一放，在华大夫惊愕中说道："有句话，还得跟您说。您别以为我这人心地不善，只是我立的这规矩不能改！"

华大夫把这话带回去，琢磨了三天三夜，到底也没琢磨透苏大夫这话里的深意。但他打心眼儿里钦佩苏大夫这事这理这人。

立　正

许　行

"你说说，为什么一提起蒋介石你就立正？是不是……"

我的话还未说完，那个国民党军队的被俘连长，早就又"叭"下子来了个立正，因为他听到我提"蒋介石"了。

这可把我气坏了，若不是解放军的纪律管着，早就给他一巴掌了。

"你算反动到底啦！"

"长官，我也想改，可不知为啥，一说到那个人就禁不住这样做了……"

"我看你要陪他殉葬啦！"我狠狠地说。

"不，长官，我要改造思想，我要重新做人啦！"那个俘虏连长很诚恳地说。

"就凭你对蒋介石的这个迷信态度，你还能……"

谁知我的话里一提蒋介石，他又"叭"下子来了个立正。

这回我终于忍不住了，一杵子把他打了个趔趄，并且厉声说：

"再立正，我就打断你的腿！"

"长官，你打吧！过去我这也是被打出来的。那时我还是个排副，就因为说到那个人没有立正，被团政训处长知道了，把我弄去好一顿揍。揍完了对我进行单兵训练，他说一句那个人的名字，我马上就来个立正，稍慢一点就挨打。有时他趁我不注意冷不防一提到那个人的名字，我没反应过来，便又是一顿毒打……从那以后落下这个毛病，不管在什么时间地点，一说到那个人的名字就立正。弄得像个神经病似的，可却受到嘉奖，说这是对领袖的忠诚……长官，你打吧！你狠狠地打一顿，也许能打好呢。长官，你就打吧打吧！"俘虏连长说着就痛苦地哭了，而且恳切求我打他。

这可怪了！可听得出来，他连"蒋介石"三个字都回避提，生怕引起自己的条件反射。不能怀疑他的这些话的真诚。

他闹得我有些傻眼了，不知该怎么办啦！

1948年我在管理国民党军队的俘虏时，遇到了这么一件事。当时那个俘虏大队里都是国民党连以下的军官，是想把他们改造改造好使用，未曾想到竟遇到这么一个家伙。

"政委，咱们揍他一顿吧！也许能揍过来呢。"我向大队政委请求说。

"不得胡来！咱们还能用国民党军队的方法吗？你以为你揍他，就是揍他一个人吗？"

嗬！好家伙，政委把问题提得这么高。

"那么……"我心生忐忑。

"你去让军医给他看看。"

当时医护水平有限，自然看不出个究竟来，也没有啥医疗办法。以后集训完了，其他俘虏作了安排，他因这个问题未解决，便打发回了家。

事隔30年，"文化大革命"后，我到河北一个县里去参观，意外地在街上遇到他，他坐在一个轮椅里，隔老远就认出我来。

"教导员，教导员！"他挺有感情地扯着嗓子喊我。

他头发花白，面容憔悴，显得非常苍老，而且两条腿已经坏了。我问他腿怎么坏的，他说因为那个毛病没有改掉，叫"红卫兵"给打的，若不是有位关在"牛棚"的医生给说一句话，差一点就要没命啦！

我听了毛骨悚然：生活竟是这样的一部史书！打断了他两条腿，当然就没法立正了，这倒是一种彻底的改造方法。于是我情不自禁地说：

"你这一辈子叫蒋介石给坑啦！"

天啊！我非常难过地注意到：在我说"蒋介石"三个字时，他那坐在轮椅中的上身，仍然向前一挺，做了个立正的姿势。

老曹你好

陈世旭

题记：请勿当道德故事读

小张乙最近找了个女朋友，叫丁丁。丁丁长得很漂亮，小张乙喜欢得不得了，向她发誓说："今后你说干啥我就干啥，刀山敢上，火海敢下，只要你高兴就行。"丁丁歪歪脑袋："真的？说话可要算数。"小张乙拍拍胸口："当然是真的，说话不算数那是小狗。你随时可以考验的。"丁丁说："那好。不过，你只管放心，不会让你上刀山下火海的。"两个人那天就这样一路说笑着，去了电影院。

电影开映，影院里的灯光熄灭，只有放映的光线穿过了黑暗的上空。光柱下，小张乙和丁丁的前面一排坐着一个秃顶。丁丁来了灵感，忽然靠过来，对小张乙说："你先前发了誓的，我说干啥你就干啥，不会反悔吧？"小张乙说："怎么可能！"丁丁说："那好，你照那个秃顶给一巴掌。"小张乙一怔，有些犹豫：这玩笑怕过分了。丁丁一噘嘴："我就晓得你说话不算数的。"小张乙急了："谁说的？"说完就直起身子，伸出手，拍了前面那秃顶一掌。秃顶受了惊，猛然回头，黑暗中看不清他的怒容，但可以听得到很粗重的怒气。小张乙很亲切地打招呼说："老曹你好，你也来看电影？"秃顶不便发作，很不高兴地回答："你认错人了。"小张乙连忙道歉："对不起，对不起。"秃顶于是回身仍去看电影。一场差一点闹起的纠纷，总算避免了。小张乙用脚碰一下丁丁，很是得意。丁丁连连点头，表示满意。

小张乙以为通过了考验，安安心心地看起电影来。不料，电影结束前，丁丁再次要求："你能不能再给那秃顶一巴掌？"小张乙说："这怎么可以呢，刚才……"丁丁马上打断他："不行就算了，不要为难，我晓得你就那点德行。"小张乙一咬牙，辩白说："你小看人！"说着，就抬起手又向前面的秃顶击了一掌。秃顶这一次的愤怒是可以想象的，他从座位上一下蹿起来，回转身，猛扑小张乙。小张乙不慌不忙，一面伸手挡住他的身子，一面用研究的口气很疑惑地说："你怎么能不是老曹呢？你肯定是我对面办公楼的老曹嘛，为什么要不承认呢？""谁不承认？"秃顶压着嗓子咆哮起来，气咻咻地从胸前掏出身份证："你仔细看看，我到底是不是你说的那个老曹！"小张乙装模作样地借银幕的反光认真审视了好久，才把身份证归还秃顶，一边嘟嘟哝哝："真像，太像了，真是奇迹。"秃顶很不屑地"嘁"了一声，再次谅解了小张乙。

电影散场了，小张乙一身轻松，对丁丁吹嘘起来："怎么样，该信得过我吧？"没想到丁丁却说："急什么，没完呢——你能再给他一巴掌吗？"这时候，他们已经走到电影院外面，通明的灯火，那位秃顶就站在他们身前的下一层台阶上。在灿烂的灯光照耀下，那秃顶闪闪发亮。小张乙的脸一下子拉得像长长的苦瓜，嗫嚅说："你这不是要我的命吗？"丁丁看着他那副可怜相，不再说什么，冷冷地哼一声，就走开了。小张乙一把拉住她："别走，我听你的就是。"接着就是前面那倒霉的秃顶挨了第三个巴掌。秃顶这一次没有别的选择，只有跟小张乙拼命了。小张乙却欢天喜地地叫起来："老曹哇老曹，你原来站在这里。刚才在里边我没认清，拍了别人两巴掌。"

　　这是和朋友闲聊时听来的故事，似乎有些无聊，却有道理在其中：世界上没有不可化解的难题，问题在于你是否具备足够的智慧。

教堂的钟声

阿 成

在新西伯利亚市，我住在火车站前的一家叫"星"的旅馆里。

旅馆里各种设施还可以。除了仙女和独角魔王之外，超市、酒吧、咖啡座，邮局还卖各种旧的纪念邮票，极便宜，应有尽有。还有一个具有相当规模的舞厅。

晚上没什么事，我常在旅馆的各个服务设施之间闲逛。

外界，似乎自入冬以来一直在下着大雪，看来雪还将下下去。大雪正统治着这座寒冷的城市，我忽然明白俄国人喜欢穿长筒皮靴的道理了。这样的季节里，俄国朋友们经常去附近的山区滑雪，像在天空中滑翔的苍鹰一样，或者去森林打猎。可他们晚上干什么呢？难道就坐在壁炉前读《克雷洛夫寓言》，或者讲一些妖魔鬼怪的故事么？

于是，他们就到"星"旅馆的舞厅来跳舞。

这里我只说与我有关的一件小事——是啊，我好像这一生也没有资格谈大事啦。大事离我太遥远，似乎在荒凉的塔克拉玛干大沙漠，我便是一缕轻快的风也吹不到那里去了。

还是说我的故事吧。

我站在结满银色霜花的窗前，吸着味道有点怪的俄国烟。

俄国烟甜丝丝的，有点像吐鲁番十字街头小贩儿叫卖的莫合烟。

我看见陆陆续续来跳舞的俄国人都把大衣存在衣帽间里，然后在卖鲜花的老太婆那儿买一枝鲜花之后再进到舞厅里去，女人并不买，尤其是那种衣着像太空女性或时装模特儿似的女人看都不看。

我怡然地看着这一切。

窗外款款地落着大雪。教堂的钟声透过一道道雪幕，逶迤地传了过来。上帝正在为人类叹息呢。

悠扬的钟声之下，我也想买一枝鲜花……

只是送给谁呢？

大大小小的钟声，响彻新西伯利亚市住宅区的上空，那是为赎罪的人们清洗着魂灵吧。

我心里在十几次地重复着买花的动作：付钱，然后拿着那枝红玫瑰随着散场的人流走进舞厅——这才是悲剧的高潮。

教堂的钟声停了，渐渐地，余声也消失尽了。

舞会已经进行一半时间了。卖花的老太婆膝前的那几只铁桶里也只剩下一枝玫瑰。

老太婆叹息一声，打算收摊了。

于是，我走了过去：付钱，买下了那枝玫瑰。然后，送给了卖花的老太婆，这个老太婆像是鞑靼人，大约有 70 岁，或者 80 岁。

我做了一个手势羞涩地说，送给您。

老太婆拿着这枝玫瑰，灿烂地笑了——窗外的鹅毛大雪像在圣诞之夜里一样。整个俄罗斯都在为她祝福啊。

她拿着那枝玫瑰深情地唤着，然后像少女一样旋转着跳起舞来。

我站在一旁轻轻地为她鼓掌。

笑 容

吴念真

后来那群人都老了，也都病了。

三四十年的矿工生涯之后，他们陆续得了硅肺症：咳嗽、哮喘，长期激烈劳动锻炼出来的筋肉慢慢萎缩，脸颊凹陷、肤色灰白、两眼无神，终日内衣、睡裤，窝在家里某个角落的躺椅上，鼻孔塞着氧气管，像受伤的动物一般，动也不动，因为呼吸艰难，甚至连话都懒得讲。

天气比较好的时候，他们偶尔会拖着小氧气瓶，以有如电影慢动作一般的脚步逐一走出家门，在巷尾的电线杆下聚集。

抽烟是他们一辈子的嗜好，身体既然到了这种地步，更没人觉得有戒掉的必要。所以每隔一段时间，他们就会很默契地一起关掉氧气，各自点起烟，有一口没一口地抽。

往昔经常被他们粗声粗气叫唤、咒骂的太太们好像终于等到可以报复的时机，每次只要看他们掏出香烟时就会大声吼着在巷子里玩耍的孙子，说："离远一点儿啊，你阿公不怕氧气爆炸存心要死，你们可不要傻傻地跟着陪葬！"或者故意闲闲地说："抽吧，抽吧，抽死总比死了没得抽快活！"

他们始终沉默，不知道是没力气，还是根本连回嘴的意识和动机都没有。

他们最后一次展现昔日的骂劲是有一天警察冲进巷子，说他们是"公开聚赌"，硬要带去分局拘留。听说他们把氧气管一拔，仿佛要把压抑了好长一段时间的怒气全部宣泄出来似的，咒骂接连不断，然后说："大尾的你不抓，抓这几个加起来将近三百岁、赌资总共才两百八十元的人……你抓着有什么意思？要抓我们回去干什么？"

没想到后来太太们提起这件事时，却都带着些许的哀怜，她们说："可怜哦，才刚骂完，一个个都忙着抓起氧气用力吸，一个个都喘得像狗似的。"

那年冬天，他们陆续都住进医院，加护病房和普通病房来回替换，可是没人有可以期待的出院日期。

有一天，一个三十来岁的儿子去医院看父亲，两个人无语，后来他问父亲："有没有想吃什么？"

父亲说："……可以现吃现死、现超生的东西！"

儿子想了一下，在父亲的耳边说了什么，没想到父亲的嘴角竟然微微上扬，慢慢起身拔掉氧气管，然后朝其他人说："起来吧，不要再躺了，我儿子要带我们去楼顶晒太阳！"然后有点儿顽皮地跟他们做了一个手势。

父亲领头，后面跟了六七个人，儿子殿后照顾，一群人走一步停一步。

那天的阳光灿烂温暖，天空和远处的海都蓝得发亮。

儿子掏出香烟，为他们一一点上。儿子感觉像犯罪，但当看到他们深深地吸了一口，脸上逐渐出现和躺在病床上截然不同的神情时，他似乎已经顾不了那么多了。

年轻的护士捧着药盘忽然出现在楼梯口，瞪大眼睛看着这群人。儿子怕她可能的训斥打断了他们的快乐，于是用他们绝对听不懂的英文跟她说："就让他们快乐一下吧，请忘记你所看到的。"

儿子无法忘记的是，他看到父亲赶紧把香烟捏熄，手往背后藏，而脸上却出现久违的笑容，那笑容就跟当年自己好奇偷抽烟，却被父亲当场活逮时一模一样。刹那间，儿子觉得自己和父亲竟然如此亲近，仿佛曾经一体。

后来，这些人就在医院里一个接一个离开，没有人再回过家来。

大 兵

梁晓声

天黑了。

暴风雨呼啸得更加狂怒。一辆客车已经被困在公路上六七个小时了。

车上二十几名乘客中，有一位抱着孩子的年轻母亲，她的孩子刚刚两岁多一点儿。还有一个兵，他入伍不久，那张脸看上去怪稚气的。

那时车厢里的温度，由白天的零下三十摄氏度左右，渐渐降至零下四十摄氏度左右了。车窗全被厚厚的雪花一层层"裱"严了。车厢里伸手不见五指，每个人都冻僵了。那个年轻的兵自然也不例外。

那个兵，原本是乘客中穿得最暖和的人：棉袄、棉裤、冻不透的大头鞋、羊剪绒的帽子和里边是羊剪绒的棉手套，还有厚厚的羊皮军大衣。

但此刻，他肯定是冷得最厉害的一个人。

他的大衣让司机穿走了。只有司机知道应该到哪儿去求援。可司机不肯去，怕离开车后，被冻死在路上。于是，兵就毫不犹豫地将大衣脱了下来……

他见一个老汉只戴一顶毡帽，冻得不停地淌鼻涕，挂了一胡子，样子非常可怜。于是他摘下羊剪绒帽子，给老汉戴了。老汉见兵剃的是平头，不忍接受。兵憨厚地笑笑说："大爷您戴着吧！我年轻，火力旺，没事儿。"

人们认为他是兵，他完全应该那么做。他自己当然也这么认为。

后来他又将他的棉手套送给一个少女戴。

后来，那年轻的母亲哭了。她发现她的孩子已经冻得嘴唇发青，尽管她一直紧紧抱着孩子。

于是有人叹气……

于是有人抱怨司机怎么还没找来救援的人们……

于是，兵又默默地脱掉自己的棉袄……

那时天还没黑。

一个男人说："大兵，把棉袄卖给我吧！我出五百元！我身上倒不冷，可我的皮鞋冻透了。我用你的棉袄包脚。怎么样？"

一个女人说："我再加两百元，卖给我吧！他的大衣比我的大衣厚。我有关节炎，我得再用什么护住膝盖呀……"

兵对那男人和女人摇摇头。在人们的注视下，兵走到那位年轻母亲身边。帮着她，用自己的棉袄，将她的孩子包起来……

穿着大衣的几个男人和女人，都用大衣将自己裹得更紧了。仿佛，兵的举动，使他们冷上加冷……

再后来，天就黑了。

伸手不见五指的车厢里忽然有火苗一亮：是那个想出五百元买下他棉袄的男人按下了打火机。他走到兵跟前，一松手指，打火机灭了。车厢里又伸手不见五指了。

他低声说："咱俩商量个事儿，把你的大头鞋卖给我吧，一千元！一千元啊！"

兵说："这不行，我要冻掉了双脚，就没法儿再当兵了。"

他一再央求，说哪会冻掉你的双脚呢！不会的。唉，你把大衣、棉袄、帽子和手套都白送给别人穿着戴着了，怎么我买你一双鞋你倒不肯呢？没人会知道你是卖给我的！大家都睡着了，听不到咱俩这么小声说话……

兵沉默片刻，说："那……如果你愿意用你那半瓶酒和我换的话，我可以考虑……"

于是他又按着打火机，回到自己的座位那儿，取来了他喝剩下的半瓶酒交给了兵。

兵从车厢这一端，摸索着走向那一端。依次提醒人们，让所有的人都饮口酒驱寒，包括那位年轻的母亲和那位少女。

酒瓶回到兵的手中时，兵最后将它对着嘴举了起来——只有几滴酒缓缓淌进兵的嘴里。兵感到口中一热，似乎浑身也随之热了一下……

车是被困在一条山路上的。一侧是悬崖。狂风像一把巨大的扫帚，将下坡的雪一片片扫向悬崖底谷。

于是车开始悄悄地往后滑了。没有一个乘客感到这是一种不祥，但兵敏锐地感觉到了，他下车了……

天亮了，司机领来了铲雪车和救援的人。乘客们欢呼起来。只有一个人没有欢呼，就是那个看上去有些稚气的兵。

人们是在车后面看到他的——他用肩顶着车后轮，两条腿陷在雪里。

他就那么冻僵在那儿，像一座冰雕。

也许，他没有声张，是怕人们惊慌混乱，使车厢内重量失衡，车向悬崖滑得更快。也许，他发出过警告，但沉睡的人们没听见。呼啸的狂风完全可能将他的喊声掩盖⋯⋯

事后人们知道，他入伍才半年多，还不满二十岁。他是一个穷困乡村的多子女的农家长子。他的未婚妻是个好姑娘，期待着在他复员后做他的贤妻⋯⋯

将　军

刘建超

　　"十五年以后，我会成为一名将军。"哥查着字典读完一本泛黄的《孙子兵法》后，右手握着书轻轻拍打着左手心，站立窗前一脸庄严，两眼望着无边天际对我说。哥那年十二岁。

　　哥高中毕业报名参军。全县八百名应届毕业生中挑选三名飞行员，哥是最后六名候选人之一。哥打开箱子搬出平时不许我翻动的几十本宝贝书："这些都留给你了，好好学习，哥当了将军回来接你。"可哥政审没有通过。哥哭了一天，背着母亲缝好的被子到八十里外县化工厂当了一名学徒工，每月二十三元工资。

　　哥的师傅为人尖刻。哥除了干活，还要给师傅洗衣打饭，星期天还去乡下帮助师傅家干田里的活。哥的师傅烟瘾大，爱下棋，常哄着哥陪他下棋，谁输了谁就买一包"黄金叶"。哥的工资除去吃饭大都"孝敬"师傅吸烟了。学校放暑假，我背着一小口袋白蒸馍去看哥。哥屋里除了母亲缝的那床被子，啥都没有。一张苇席铺在地上，上面堆满了棋书。哥光着膀子坐在席上打棋谱能打一通宵。"目前局势是这样的，我赢师傅已在把握之中了。"哥说，晌午，哥和师傅下棋又连输三盘。哥的师傅伸着黑乎乎的手从小口袋里抓走了三个白蒸馍，我心痛得直掉泪。哥说："兵不厌诈，你还不懂。"哥转正那天，在职工食堂与师傅挑战："谁输一盘，一条'黄金叶'烟。"哥将三条烟放在桌上。围观的人开始起哄。哥的师傅从兜里掏出一沓菜票："破上下个月吃咸菜了！"哥就蹲在凳子上，一手托腮，一手调动兵马，直杀得师傅大冷天硬是出了一头汗。不少人给哥的师傅当"高参"也无济于事。哥干脆利索连胜三盘。哥收起菜票揣着烟从容潇洒走出食堂。师傅瞪着眼张着嘴半天没缓过劲儿。

十五年后，哥没有当将军却当上了爸爸。哥给女儿起了个响亮的名字：上将。嫂子噘着嘴老大不愿意。上将升入小学后，嫂子的厂里出现困难，厂里不少职工托人找关系往哥的厂子里调。嫂子也怂恿哥去找领导谈谈。哥在屋里背着手不停踱着步子，说："从目前局势看，我厂的效益确实不错，但是个污染严重的行业，治理是早晚的事。而你厂的产品是国家建设的资源性产品，定当扶持。"如哥所料，不出一年，哥的厂被勒令停产，嫂子的厂又红火起来。嫂子对哥佩服得不得了，对哥伺候得更周到。上将升入中学后，城里兴起建房热，双职工借钱筹资在县城新规划的职工新区盖房子。哥不为所动。老街四邻新房建成，请哥去"燎锅底"，哥吃着人家的酒菜，看着人家的新屋，蹦出两个字"惜哉"。主人让哥说个明白。哥用手指蘸着酒在桌上画了一幅地图，一手撑着腰，一手拿着一根筷子："目前的局势是这样的，云梦河是流入淮河的主要河流之一，横跨半个省，途经四个城市，是造成春夏两季洪灾的主要因素，现今世界是资源之争，重点在石油，十年二十年后，争夺的重点将是水资源。云梦河水质优良，不但白白浪费掉，还是水患之根，治理只是时间早晚的问题。从县地理位置上看，要治理云梦河非葫芦口处莫属。在葫芦口处筑堤，受淹者职工新区首当其冲。费了人力、物力、财力，住不上三年五载就拆迁，岂不可惜哉？"主人不爱听，酒席未散就把哥"请"了出去。三年后，职工新区果然开始拆迁，哥成了县城家喻户晓的人物。

天未降大任于哥，同样劳其筋骨，空乏其身。女儿上将在一次郊外春游中因车祸丧生。嫂子因失女儿之痛精神恍惚，晾晒衣服时不慎从二楼坠下，治疗三个月最终还是截瘫。为给嫂子治病，哥花了所有积蓄，变卖了所置家当，还背了两万元的债务。哥却处之坦然，只是头发白了许多。闲暇时，哥推着嫂子出去"散步"，嫂子怀中抱着两样东西：一只折叠的小马扎，一副象棋。哥放稳轮椅，打开马扎，铺开棋盘，接受男女老少的挑战。无论棋艺高低，哥从不敷衍。每次把对手逼入绝境，一声"将"之后，哥便从衣兜里摸出一包烟来，抽出一支叼在嘴上，嫂子会及时划一根火柴，将烟点燃，对哥粲然一笑。哥深吸一口烟，再将烟雾从鼻孔唇缝缓缓吐出，那份踌躇满志的神态，俨然一位将军。

老金的蝈蝈笼子

何立伟

老金坐在我的办公桌对面，脑壳低垂，神情暧昧，手肯定忙着，却被桌上厚厚的稿件所遮蔽，形容虽不可称鬼祟，但也算得上有几分诡秘。

唯有我晓得他在干什么。

老金的手机发出急促叫声，必是有短信来了。整天的，他的手机如一只装了蝈蝈的笼子，时不时地那么叫着。手机一叫，老金便把脑壳低下去，手指一阵忙乱，当然就是在那里回短信。中文输入用的是拼音。湖南人，NL 不分，前后鼻音不分，拼起来麻烦。一二十字的短信，左摁右摁，一错再错，捉虫一般……

短信都是他女儿发来的。他女儿在北京念大一。很聪明的女孩子，但时常旷课，一个人坐在校园的草地上晒太阳，看闲书，听 CD，然后，给老爸发短信。

聪明的女孩子大约都有点清高，一清高又有点孤独，一孤独就少朋友，少朋友就少沟通，于是愈加地清高，亦愈加地孤独。没有人好沟通，只好跟老爸说话，用滔滔不绝的手机短信：

"下午一个人跑到王府井，买了一件耐克 T 恤，还有一双阿迪达斯的鞋。哈，又放你的血啦。"

"在三联买了本昆德拉的《无知》。喜欢这个住在法国的捷克男人。和他比，周围全是傻子。"

老金的回复都是耐心细致苦口婆心的……我过的桥比你走的路还多，凡事都应当这样而不应当那样。有父亲兼党委书记的语重心长，亦有对年轻人的尽可能多的理解和报纸上说的与时俱进。

"我把她当朋友一样。"老金跟我说。

当然，我指出，这仅仅是一种姿态。实际上，父女的关系并不会像他想象的那样平等。

"怎么这样说呢？"老金不满道，"不平等，她能给我发那么多短信吗？能大事小事鸡零狗碎的事都跟我讲吗？能这么全方位全天候地沟通吗？"

"那是因为她不想跟她的同学讲，她看不起她的同学。她没有交谈者，只好来跟你说。人总是有倾诉欲的。"

"你打击我。"老金说，很不屑地白我一眼，"你心理不平衡，因为你儿子不给你发短信！"

他说的是。我儿子也是大一，但极少给我发来短信。而我晓得，他的快乐统统来自他的同辈，而不是我这样的"半老徐爷"。如果他有话只肯跟我讲，我反觉得有问题。

对于我的观点，老金很不以为然，摇着脑壳，声明道，他和他女儿没有代沟。他女儿心高气傲，是因为"哪个要她这样优秀"！

这时蝈蝈又叫了。老金低头看短信，脸上浮出极幸福的笑容。"念给你听啊，"他说，"'你老是指责我旷课，给你个安慰吧。这次专业考试，我是全年级第一名。'你看你看，鬼家伙！"

老金的欢乐、担忧、欣慰、郁闷，全部来自他女儿的短信，这是老金生活中最大的乐趣。但我担心这亦是他女儿的最大乐趣。我们彼此争论，但是没有结果。老金的生活，按照老金理解的那样自得其乐地过着。

到了大二的下学期，忽然，老金的蝈蝈笼子不怎么叫了。办公室一下子变得寂静，亦变得空虚。老金的脸有些灰白。我这个人有些麻木，刚开始尚没觉察到这是什么原因，只感到空气里似乎缺少了什么东西。后来一想，哦，原来是老金的女儿很少来短信了。

我问老金怎么回事。老金叹了口气，说："她可能找了男朋友了，她现在不和我沟通了。"

我说："好哇，老金。祝贺祝贺哇，早就应当是这样子哇。"

老金点了支烟，深吸一口，望着窗外，一脸怅然，说："你又打击我。"

卖　葱

侯德云

　　朋友老刘在晚宴上讲一个卖葱的故事，刚起头我就笑。老刘瞪我一眼，说，笑什么笑？我说，我想起《手机》里的卖葱。老刘发愣，手机里卖葱？电子商务啊。我说不是，作家刘震云有个长篇小说叫《手机》，里边有个卖葱的故事。老刘说，噢。

　　老刘没问《手机》里怎么卖葱。他不问我也得说，话头赶到这里了嘛，对不对？

　　我说，《手机》里边的主角叫严守一，哎哎，拍成电影了嘛，电影也叫《手机》，老刘你没看过？老刘摇头。我用眼睛扫扫别人，也都摇头。嗨，你说这都是些什么人啊……

　　我接着讲卖葱。

　　严守一他爹老严，跟谁一起卖葱（那人我给忘了），一天说话不超过三句的人，跟那谁卖葱，卖得眉开眼笑，都会讲笑话了。老严的变化，让严守一觉得，世上最好的事，好不过卖葱。只不过年底时老严跟那谁算总账，那谁在账上做了手脚，还背地里骂老严是二傻，让老严听见，那个气啊，从此不卖葱。老严委屈啊，说一辈子就遇到一个能说上话的，还骂我傻。

　　老刘笑了，说《手机》里的卖葱，不如我说的卖葱。

我赶紧收起下巴，说，你说你说。旁边哥儿几个也催促，你说你说。

下边是老刘讲的卖葱。

很长时间的事，时隔现在十七八年。那时候，钱还真当钱，不像这阵儿，一百块的票子，你刚掏出来，嗖一声，没了。我记得那时候我的工资也就千把块钱。

东山早市，有两口子，四十多岁的样子，天天来卖葱。不卖别的，只卖葱，一辆三轮车，装满满一车葱。半头晌散市，卖光的时候比较少，大多时候要剩一些。

这两口子的长相怪有意思，男的细长，女的墩粗。男的不光身子细长，脑袋也细长；女的不光身子墩粗，脑袋也墩粗，还没脖子，像个碾盘倭瓜……

说到这里，老刘张开两手比画了一下，碾盘倭瓜你们知道吧？哥儿几个都点头，谁不知道呢，就是扁乎乎圆咚咚的那种大倭瓜嘛。看我们点头，老刘放心了，接着说，女的那脑袋，像个碾盘倭瓜直接放在倒置的宝葫芦上。两个人的脚也一样，对比强烈。男的细而长，三五鞋的宽度四五鞋的长度；女的宽而短，四五鞋的宽度三五鞋的长度。俩人搁在一块儿，看着特滑稽。

他们的三轮车也滑稽。一个车轱辘，指定是手推车轱辘。另一个，指定是自行车轱辘。也不知怎么安上的。三轮车的车座，一般都是六根弹簧上面蒙一层皮革。他们的车座不是，是三根弹簧上面缠几道塑料布，透明的。还没车闸。车架子上绑一块胶皮，胶皮就是车闸。胶皮拖地，需要刹车时，男的用右脚，猛踩胶皮。天天踩，鞋底的前半截，磨出一道沟。

总之这两口子，从人到车，都是一副尴尬相，看着让人心酸。

我常去买他们的葱，因为比别处便宜嘛。时间长了，混个脸熟，有时还互相唠几句闲嗑。赶上星期天，闲着没事，我会在葱摊旁站一会儿，看他们忙着卖葱。我觉得挺有意思。

那天我去得晚，他们的葱已经卖完。7月的头晌，有烧烤感，两人却不急着走。女的在清点卖葱的钱，男的在一边看。两人脸上都笑眯眯的。

我也在一边看。我看那两口子，两口子不看我。

女的清点完钱，对男的说，今天不赖，净挣三十六块一毛五。说完咧开大嘴，无声一笑。男的也咧开嘴，也是无声一笑。

女的瞅男的，说，二十块，给咱爹买点儿东西。男的瞅女的，点头，说嗯。

女的说，十块，给咱闺女买个裙子。男的点头，说嗯，突然又说，闺女有裙子，你买件衣裳吧。

女的说，我不买，我有衣裳，要不给闺女买个书包，她的书包太旧了。男的点头，说嗯。

女的说，六块，给你买两包烟一瓶酒，晚上你喝点儿。男的努起嘴唇，是飞吻的姿势，然后咧开嘴，说，你呢，你什么都不买？

女的说，还有一毛五，买根冰棍，我哑哑就行了。说完，有些不好意思的样子，脸上绽开一朵大丽花。

我看见男的突然变成顿号，愣在那里不说话，眼圈渐渐泛红。

我不忍心再看下去，扭过身子，快走几步，看别的菜摊。

等我再回头时，两口子已经蹬上三轮车，准备出发的样子。我冲他们摆摆手。男的背对我，没看见。女的看见了，也摆摆手。女的好像对男的说了句什么，随后男的扭头看我，笑笑。

我原地不动，看着他们，直到他们的背影在我眼前消失。

老刘的卖葱故事，起初，引起酒桌上一阵阵哄笑。有人笑得直拍桌子，有人笑得岔气，还有人不断插话。可是越往后，笑声越少，结尾处，全场静默。

故事讲完，老刘的话还在继续。

老刘说，那天，我想了很多事，想自己的种种不如意，想到最后，想开了，我怎么就不能用别人的阳光来照亮自己呢？

话音刚落，桌上响起掌声。老刘脸色通红。

洗　礼

聂鑫森

　　这是 1966 年深秋的一个夜晚，古城湘潭平政街"洗尘池"澡堂墙壁上的挂钟，洪亮地敲了九下。

　　按规定，澡堂营业到晚上八点就下班了。顾客早已走尽，工作人员也陆续回家了，只剩下浴池班班长于长生和小徒弟张庆在打扫卫生。几个大池子里的水都已放干，池底、池沿也都擦拭干净了。原本有几个雅间，现在紧紧地关着，里面放着木浴盆、小床、茶几，浴盆上安着冷热水龙头。舍得花钱的顾客可以自己调节水温，可以洗过澡后舒服地躺到小床上，可以请人推拿按摩，可以喝一壶泡好的茶。但这个项目在几天前已经取消了，上级说，只有剥削阶级才有这些臭讲究！

　　于长生望着那些雅间，惆怅地叹了口气。

　　"张庆，关门吧，我们爷儿俩也该歇口气喝口茶了，今晚轮到我们值班哩。"

　　张庆说："好咧——师傅。"

　　两个人刚走进店堂，忽见从外面急匆匆走进一个人来。四十岁出头，面黄肌瘦，额头上还有血迹，目光散乱，步履踉踉跄跄，身上的衣服很破旧，特别是膝盖那个地方磨损得很厉害。

张庆吆喝一声："喂，下班了，明天再来！"

那人收住脚步，小声说："我……好多日子没洗澡了，今夜好容易才抽出身来，是否可以……"

于长生几步走上前，把来人上下打量一番，然后说："您来啦？请！"

张庆觉得很意外：不是下班了吗？

于长生对着张庆一扬手，吼道："关门！"

张庆忙答应："是。师傅。"

"开雅间，把锅炉烧起来，让客人好好洗个澡！"

来人说："师傅，我……没带那么多钱。"

于长生说："放心，还是五角！请您先去雅间稍等一会儿，我去沏壶茶来。"

张庆关好门，又去打开一个雅间，再一溜烟儿去了锅炉房，不久便听见鼓风机呼呼吼叫的声音。

又过了一阵，于长生端着一壶热茶和一个有盖的茶杯，走进了雅间，并顺手带上了门。

来人慌忙站起来，说："师傅，叫我如何感谢您！"

"坐！快坐！我认识您，您是成龙中学的校长齐子耘先生，我的二儿子就在贵校读高中。我曾经在家长大会上见过您。我叫于长生，活到五十岁倒真的糊涂了，有文化的人忽然都有罪了，怪事！"

齐子耘没有搭话，眼睛里闪出了泪光。

"我二儿子昨天回家，说是参加了什么批斗会。被我用木棍子狠揍了一顿，打得他鬼哭狼嚎，保证再不去胡来了。"

齐子耘小声说："也不能怪他们，他们太年轻……"

聊了一阵，张庆在雅间外高喊一声："火旺——水热咧——"

于长生忙站起来，走到浴盆前，先打开热水龙头放水，白色的雾气立刻升腾起来；而后，轻轻拧开冷水龙头。浴盆的水渐渐满了，他不停地用手去试水的温度。这时节洗澡，水要热，但不要烫。

于长生关了水龙头，说："齐先生，您先泡澡。半个小时后，我来给您推拿按摩。"

"不，不，我不配，也别连累了您。"

"我不过是个工人，还能把我怎么样？"

于长生走出雅间，顺手把门带拢了。

"张庆，过半小时，给我到隔壁的饮食店去买一碗馄饨来！"

张庆吃惊地望了望师傅，然后说道："好咧。"

于长生到池子边搬了条板凳来，静悄悄地坐在雅间的门边。

约摸半个小时，于长生听声音就知道齐子耘洗好了，便立即推门走了进去。灯光下，他看见穿上短裤的齐子耘的身上、手臂上，点缀着一些红红紫紫的伤痕，便慌忙走上前，说："您请伏在床上。这个项目早就取消了，但我要为您显一显手段。"

齐子耘趴在床上，于长生弯腰立在旁边，双手握成空心拳，开始在他的脊背上，小心地绕开伤痕，紧敲轻捶。

"痛吗？齐先生。"

"不……痛。"

拳头忽然停住了。于长生说："齐先生，有句话不知当问不当问？"

"您问吧。"

"如果我猜得不错，您是从学校逃出来的？"

"是。"

"您受了许多罪，从您的目光里我看出您很绝望。"

"对。您说这日子怎么熬过去，罚跪、批斗、挨打、游街，没完没了的。"

"那么，我告诉您一句话，这个世界不可能总是这样，而且什么人都可以没有，独不能没有老师！您要咬紧牙挺住，为了许许多多的孩子，好好地活下去。'天地君亲师'，这个道理是铁定的。假如连老师都不要了，这个世界也就完了！让我冒昧地叫您一声兄弟，您说是不是？"

齐子耘的肩膀猛烈地抽搐起来，终于压抑不住，伤心地伏在枕上痛哭起来。

"齐先生，像我，还有和我一样的人，把孩子交给老师，心里感激得很哪。"

齐子耘挣扎着爬起来，揩干泪，说："于师傅，我原本想好好洗个澡，就……现在，我要骂自己是个胆小鬼，是个不负责任的人！这个澡，把我洗明白了。"

于长生抓过一块大浴巾，给齐子耘披上，然后，对着他毕恭毕敬地鞠了一个躬。

门外，张庆一声高喊："大肉馄饨——趁热吃哩——"

第二天上午，"洗尘池"门外的大街上，传来一阵一阵的锣声和惊天动地的口号声。

于长生和张庆从澡堂里跑了出来。

张庆说："师傅，走在前面的是昨夜来洗澡的那个人。"

于长生说："那是齐先生，齐子耘校长！"

他看见齐子耘挂着黑牌子，敲着一面锣，从容地走着，脸色很是平静。他的目光又扫视那些戴红袖章的"红卫兵"，里面没有他的二儿子！

于长生忽然响亮地喊道："'洗尘池'有客人哟，里面请——"

乡村爱情

程韬光

家贫又弟兄太多，我从小就时常听慈爱的祖母叹息："这群孙娃儿将来都长大了，到哪儿找媳妇去？"于是，我的一个哥哥就做了一件惊天动地的事情。

那是一个阴天，天阴沉沉欲雨。我放学回到家，惊见厨房里坐着一个穿花衣裳的女子，正埋头给我家灶膛里添柴，火光映着她小模小样的脸。四哥走进来，嗫嚅着对我说："叫姐。"我没有姐，突然冒出一个姐来，有点儿不适应，就冲四哥小声喊："我不叫，谁爱叫谁叫。"话音刚落，就听有人在我家门前喊："姐，姐——"一声连着一声地号叫，那女子闻听，倏地起身，折身躲进厨房里面去了。

我好奇地探身望着门外，就见一群人气势汹汹而来！

四哥面容顿戚，叫了一声："坏菜！"连忙扯起一根木棒，跳到院落中，高声叫着："我没有欺负九儿！"懵懂之中，我大概知道什么事了。那群人不由分说就冲着我家浩荡而来，我连忙堵上院门，呼喊还在红薯地里干活儿的父亲。四哥不怕："这都啥时代了，还不许自由恋爱！"我怕："那也该给咱爹妈说一声……"

眼看着那群人已堵住我家院门，却不撞门，只在门口叫着："九儿，九儿，跟我们回家就没事了。"九儿明明能听见，就是不应声。我有点儿着急，想去开门，忽然看见一个头顶光亮的汉子骑着毛驴，手提一把斧头，昂然而来，口中大叫："快点儿开门，要不然老子就要撞门了！"那不就是邻村的二秃子吗？二秃子平时对我家还不错，因为我祖母曾救过他的命。他今天为何这般疯狂？我有点儿想笑，又有点儿生气："二秃子叔，你来干啥？"

"我来干啥？九儿是我侄女！你四哥惹大麻烦了！"二秃子直挺挺杵在驴子身上，"我四十岁了还没成家，你哥才多大？"那年，四哥大概十六岁。

邻居们闻信赶来，在院落门前层层站着看热闹，也不插手，也不劝架，甚至几个小媳妇还嘻嘻哈哈地笑着："二秃子今天好威风！"这话无疑是火上浇油，二秃子精神一振，也不理我了，骑着毛驴在我家院门前耀武扬威，手中扬着斧头："我正在劈柴，就听到这事儿，丢人哪！"激动得癞头通红。邻居有人上前，给他递烟、说话，偶尔他还和那群人互相笑着："娃儿们的事……"一个老汉叹了口气，蹲在我家门前的墙根下，低头抽着旱烟说："不听话的九儿，都是她娘给惯坏了。"我很生气，将门死死地抵着。四哥也急，瞪着眼睛问我："咱家打兔子的枪呢？"

"还用问？肯定是三哥拿去了。"

闹哄哄说话的当儿，我父亲已经回来，刚刚放下肩上的红薯秧子，正准备说话，就听骑驴的二秃子大叫着"吁——"，连人带驴朝那团红薯秧子奔去。那驴低着头，就着红薯秧子就啃。二秃子收势不及，滚落驴下。邻人大笑，二秃子也笑："这头犟驴！"

父亲赶忙迎上去，扯起落地的二秃子，赔笑："他二叔，摔着没？要不去瘸子家诊所看看？"瘸子是我家邻居，开爿小医铺，专治跌打损伤。

二秃子甩甩手，虚怒："没事儿，瘸不了，就是心里堵得慌。"父亲赶忙上烟，并点上火："他二叔，你消消气，我给你出气！"父亲起身，让我开门，我不敢不开门。父亲一把抓过四哥，不由分说，一顿暴揍。四哥倔强狡辩："我没干坏事儿，九儿喜欢我……"在院墙根儿抽烟的老汉站起身来看看，急忙过来扯住父亲："别打了，娃儿们骨头嫩。"那群人见老汉劝架，也都消了气，七嘴八舌地劝着："别打了，还是商量这事儿咋办吧！"我这才知道那老汉是九儿的父亲。

父亲却不依不饶，再次对着我四哥高高扬起巴掌："今天非打死你这个不争气的！"我上前拖着父亲的手，父亲的手也就顺势无力地挣扎了几下，对老汉说："这娃儿怪有劲儿！"我知道父亲心里不愿再打了。父亲住了手，对着院门外招呼："大蛋儿，二蛋儿……八蛋儿，还有他二叔，上屋喝点儿茶吧，消消气！"九儿的弟弟小蛋儿吸溜着鼻涕也尖着嗓子叫："还有我！"让我又好气又好笑。邻人们也纷纷劝着，一群"蛋儿"顺势就往我家院里进。我有点儿害怕，正不知道咋办，就听"嗵——"的一声响！闻声望去，人送绰号"红毛野人"的三哥不知何时就站在我家山墙旁的粪堆上，打兔子的火铳冒着青烟……人们顿时惊呆不动！

正啃着红薯秧子的毛驴更胆小，仰头嘶鸣而去！二秃子率先回过神来，转头就追远去的毛驴："今天的事儿，没完……"我知道，二秃子怕我三哥。有一次摔跤，三哥让他一个"猪尾巴"，二秃子也不行。三哥后来干脆不和他摔跤，逮着他的驴摔，往往一下子就把驴摔倒在河滩上，让二秃子心疼半天……

老汉倒不惊慌，看我三哥一眼："多大的事儿弄恁大动静？不嫌丢人？"见三哥不理，就对我父亲嘀咕："把他叔的驴惊跑了，你家可要赔。他二叔将来找媳妇就靠这驴哩！"

"那是，那是。"我父亲一边应承着，一边又招呼那群"蛋儿"进院喝茶，顺便指派四哥："还不烧茶去？"我随着四哥刚进厨房，就见灶膛里的火已经生起来了，九儿劈头就问："你家鸡蛋放哪儿了？"

我顿时生气："凭啥吃俺家的鸡蛋？我还要拿鸡蛋换钢笔呢！"四哥笑笑："回头我的钢笔给你！"

八个"蛋儿"喝了鸡蛋茶，气也消了不少，却不走。他们看着九儿，还是生气的样子。老汉咳着："全是她妈惯的！"话音刚落，就听见有人接话："谁惯的？"老汉连忙闭声，蹲下抽烟。我祖母、母亲和那个说话的女人何时进屋，我竟不知道，只顾招呼这群彪悍的"蛋儿"，害怕他们动手打四哥。德高望重的祖母对着乡邻拱了拱手："都散了吧，散了吧，娃儿们的事……"乡邻们嬉笑着散去，连三哥也收了火铳，八个"蛋儿"也到院子外面去等。本来害怕三哥和八个"蛋儿"万一打架吃亏，却不想三哥已经和大蛋儿在粪堆下摆起象棋了，其余的"蛋儿"像一群被提着脖子的鹅，引颈观棋，时而不语，时而狂语。

几个老人终于坐下来，把四哥和九儿叫过去问话，连我也不放过。

祖母问道："这事儿怨谁？"

四哥和九儿争着说："怨我。"

老人们就叹气。

祖母说我四哥："你咋就不争气呢？"四哥说："你常说我们弟兄多，将来不好找媳妇，我怕你操心，就自己找……"祖母就咳起来，说不出话了。

九儿连忙过来扶着祖母，轻轻地为祖母捶背。那一刹那，我真有点儿想叫她一声"姐"！

几个老人都不知道从何处说起，说话就是"你喝茶，你喝茶"那几句话。最后，九儿父亲说话了："要说他俩也般配！"九儿母亲不高兴："九儿早许给街上杀猪的六子了，跟六子将来天天吃肉。"

九儿小声说："我不爱吃肉。"

九儿母亲闻言，便坐在地上哭起来："你不爱吃，你哥们还有你小弟要吃，咱家欠着街上六子家多少粮食，你知道吗？"

我母亲连忙上前问："欠多少？"

九儿母亲伸出两根指头："前前后后加起来，差不多两千斤。"

我父母无声垂首，四哥也蔫儿了。祖母倒沉得住气："我孙子灵光，现在穷，将来不会穷。能不能等几年？"

九儿母亲又哭："六子家不等，要么还粮食，要么明年给人。"

九儿就哭，哭得伤心极了，我也哭。四哥却不哭，傻子一样望着将黑的天……

九儿终于和她的家人一起走了，天开始下雨。折腾大半天，祖母和父母都累了，洗了睡了，三哥、四哥、我和弟弟都睡不着。三哥最后充满野心地说："咱都好好上学，将来找个穿裙子的媳妇！"我们都点头。外面雨声不断……

多年过去，我曾回故乡，在街头听见有人叫我小名，竟是九儿。九儿已经成为一个地道的农妇，对我大大咧咧地说："给你四哥说说，让俺当家的去承包乡政府食堂吧，超生了俩妞儿，几张嘴要吃饭哩。"四哥后来到部队当兵，转业后在家乡当了乡长。我笑笑说："你不是认识他吗？"九儿也笑了："认识归认识，不了解你四哥。早知道他能当乡长，我死也不嫁杀猪的六子。"九儿笑着笑着就哭了："六子去了好几回，你四嫂是个不好说话的人……"六子当年听说那事情，曾拿着杀猪刀找过我四哥几回……望着九儿，我忽然又想起二秃子来，就随口问："对了，你那二叔最近好吗？"

九儿接话："我也不知道好不好，明天我去给他上个坟，烧个纸问问。我二叔去年去世了，一个人守着驴子过了一辈子……"

我连忙截住话："我给乡里说说，让六子招呼食堂，别贪心就行。"

"他没那胆儿！窝囊着呢！"九儿有点儿气愤，"前几天不小心碰着一个女人，生生地被讹去了几斤肉哩。"我笑着就和九儿分别了……

其实，六子也是个好人。后来，乡政府招待我一家吃饭，他和九儿变着法做菜，味道还不错，只是多少有点儿咸。

连语言似乎都是多余的

周　涛

那次是季柏头一次去南山度夏。那次度夏给季柏留下了深刻的印象。可能是因为他顺利地考上了中学，学校正好组织为期半个月的南山驻营，父亲大概是奖励他，就让他参加了。小孩子不多，主要是一批年轻干部，男男女女，有吃有喝，无忧无虑，轻松快活。

帐篷搭起来了。野炊也点火冒烟了。

寂静的南山菊花台响起了手风琴的声音，还有快乐的歌声，"是那田野的风，吹动了我们的胸怀……"菊花台遍地野菊盛开，漫坡松林黑绿，天空蓝得宛如刚刚用水冲洗过的蓝宝石，大地像富有弹性的女神丰腴的腹部，零零星星散布着一些牛羊马匹，它们低头吃草就好似虔诚的信徒对这位女神几步一拜……远处的山峦头顶雪冠，在夏日的阳光下闪耀银光。近处，雪水融化后汇成的溪流已经成了河水，从布满白色、鹅黄、褐红、浅灰鹅卵石的河滩上赤脚而过，水质清澈，脚步轻快。

季柏顾不上欣赏这些，他招呼了几个小伙伴，正在一处平坦的草滩上踢足球。他足球踢得不错，曾经是小学校队的右锋，打遍周围小学无败绩。

正踢着玩，一抬眼，看见一群当地的哈萨克小孩在旁边看。他们可能没见过足球，觉得很新奇，季柏就招呼他们来一块儿玩。

玩了一会儿，其中的几个大一点儿的少年不干了，显得不高兴。

"怎么不玩了？"季柏问。

"踢那个东西，我们不行。但是你敢和我们摔跤吗？"

"摔跤有什么了不起。"季柏想都没想，指着其中大一些的少年说，"摔就摔，三跤两胜。"

季家兄弟摔跤无师自通，少有败绩，上手一较量，几乎没什么悬念，三比零。正准备收兵回营，哈萨克少年忽然上前拉住他，"我想和你交朋友，可以吗？"

"当然可以。"季柏很高兴。

从那以后，这个名叫黑力力的哈萨克少年每天早晨天刚亮就来找他，一起去山背后的草滩上找他家的马。马绊了腿，放到草滩上，它们像瘸子那样一跳一跳地找草吃，走不了太远。早晨要把马收回来，这是黑力力的活计，他提上几副马叉子，叫上季柏就去了。

果然，山后有四匹马。黑力力这时显出本事来了，他抓住马，给马戴上叉子，把一匹，青灰色马的缰绳放到季柏手里，"上去！"

季柏看着这匹光背马，那么高的背，被夜晚的露水打湿了，他上不去。

"这样上。"黑力力把他的马牵到一个坡下，他从坡上一跃，骑上去了。

季柏看了，也学着他的办法，上了马。那是他第一次骑在马背上，很是兴奋。黑力力骑着一匹，手里还牵着两匹，走在前面。季柏骑着青灰马跟在后面，一路上，黑力力不断示范他怎样驭马。

到了他家的毡房，黑力力拴好马，招呼季柏一起进家，还把季柏介绍给他父母。奶茶烧好了，季柏喝了几碗，就回去了。

每天早晨都是这样。大约一个礼拜之后，季柏已经骑术娴熟了。自己给马解绊儿，上叉子。他已经可以和黑力力并肩齐驱，在狭窄的山路上飞奔，互相追逐。那是季柏最快乐的时候，从那时起，他爱上了马并且深深为之迷恋。他很想像黑力力这样，不想上学。放马骑马多好啊，上学没意思。

后来有一天，他正和黑力力在山间小路上飞马奔驰，远远听见山下有人在喊，大声喊他："快下来！你这小子，不要命啦！"

他在马背上打眼一望，小个子，黄呢子军装，江西老表口音，是住在隔壁的老红军处长。他朝老红军挥了挥手，不予理睬，一磕马肚子，飞驰而去，一会儿就不见踪影了。

从营地回家后，季柏知道老红军告了他一状。父亲说起骑马的事，倒没有大惊小怪。父亲学着老红军的口气说："你皆个俄子（这个孩子）呀，胆子太大啦！骑在马上疯跑呀，那么高的山，掉下来怎么办！"

"掉不下来。"季柏说，"我学会骑马了。"还把他和哈萨克小孩黑力力交往的事告诉父亲。

父亲没有责备他的意思，好像认为这很正常，说："我的儿子嘛，肯定就是这样的。"

但是让季柏感到奇怪的是，他和黑力力当时是怎么交流的？他不懂哈萨克语，黑力力也一句汉语不会说，他们相处无碍，互相都懂。一个眼神，一些表情、动作，在特定的环境里，心领神会，从未出错。少年的心呵，单纯、纯净，像一潭明澈的湖水，与晴朗的天空互相映照，一目了然。

连语言似乎都是多余的。

讲　究

孙春平

　　大学新生入学，302室住进八位女生。当晚，各位报了生日，便有了从大姐到八妹的排序，尽管都是同庚。

　　不久，大姐王玲的老爸来看女儿，搬进了一个水果箱。打开，便有十六个硕大红艳的苹果摆在了桌面上，每个足有半斤重，且个头儿极齐整。王玲抢着把苹果一字摆开，再让大家看，众姐妹更奇得闭不上眼了。原来每个苹果上还有一个字，合在一起是："八人团结紧紧的，试看天下能怎的！"之后便笑，一幢楼都能听到八姐妹的笑声。王玲得意地告诉大家，说家里承包了果园，入夏时她老爸就让果农选出十六个苹果，并在每个苹果的阳面贴上一个字或标点符号，艳阳照，霜露打，便有了这般效果。这是老爸早就备下的对女儿考上大学的贺礼。五妹张燕是辽宁铁岭来的，跟赵本山是老乡，故意学着那个笑星的语气对王玲老爸说："哎哟妈呀王叔，您老可真讲究啊！"众人再大笑，"讲究"从此便成了302室的专用词语，整天挂在了八姐妹的嘴上。

　　第二个来"讲究"的是三姐吴霞的妈妈，带来了八件针织衫，穿在八姐妹身上都合体不说，而且八件八种颜色，八人一齐走出去，便有了"赤橙黄绿青蓝紫，谁持彩练当空舞"的效果。吴霞说，妈妈在针织厂当厂长，这点儿讲究，小菜一碟。

年底的时候，二姐李韵的家里来了"钦差"，是爸爸单位的秘书，坐着小轿车，送给大家的礼物是每人一个皮挎包。女孩子挎在肩上，可装化妆品，也可装书本文具，款式新颖却不张扬，做工选料都极精致，只是都是清一色的棕色。但细看，就发现了"讲究"也是非比寻常，原来每只挎包盖面上都压印了一朵花，或腊梅或秋菊等，八花绽放，各不相同。李韵故作不屑，说一定又是年底开什么会了，哼，我爸就会假公济私。

每有家长来，并带来讲究的食品或礼物的时候，默不作声静坐一旁的是七妹赵小穗。别人喊着笑着接礼物，她则总是往后躲，直到最后才羞涩一笑，走上前去。所以，分到她手上的苹果，便只剩了两个标点符号，落到她肩上的挎包则印着扶桑花。有人说，扶桑的老家在日本，又叫断头花，那个"桑"与"伤"同音，不吉利，便都躲着不拿它。每次，在姐妹们的笑语喧哗中，默声不语的赵小穗总是很快将一杯沏好的热茶送到客人身边，并递上一个热毛巾。平日里，寝室里的热水几乎都是赵小穗打，扫地擦桌也是她干得多，大家对她的勤谨似乎已习以为常。大家还知道她的家在山区乡下，穷，没手机，连电话都很少往家打，便没把她的那一份"讲究"挂在心上。

一学期很快过去，放寒假了。众姐妹兴高采烈再聚一起的时候，已有了春天的气息。那一晚，赵小穗打开旅行袋，在每人床头放了一小塑料袋葵花子，说："大家尝尝我们家乡的东西，是我妈我爸自己种的，没用一点儿农药和化肥，百分之百的绿色食品。"

葵花子平常，可赵小穗送给大家的就不平常了，是剥了皮的仁儿。一颗颗那么饱满，那么均匀，熟得正是火候而又没一颗裂碎，满屋里立时溢满别样的焦香。

李韵拈起一颗在眼前看，说："葵花子嘛，要的就是嗑时那份情趣，怎么还剥了？是机器剥的吧？"

赵小穗说："我爸说，大家功课都挺忙，嗑完还要打扫瓜子皮，就一颗颗替大家剥了。不过请放心，每次剥之前，我爸都仔细洗过手，比闹'非典'时洗手过程都规范严格呢。"

王玲先发出了惊叹："我的天！每人一袋，足有一斤多，八个人就是十来斤。这可都是仁儿呀，那得剥多少？你爸不干别的活儿啦？"

赵小穗的目光暗下来，低声说："前年，为采石场排哑炮时，我爸被炸伤了。他出不了屋子了，地里的活儿都是我妈干……"

吴霞问："大叔伤在哪儿？"

赵小穗说："两条腿都被炸没了，胳膊……也只剩了一条。"

寝室里一下静下来，姐妹们眼里都噙了泪花。一条胳膊一只手的人啊，蜷在炕上，而且那不是剥，而是捏，一颗，一颗，又一颗……

张燕再没了笑星般的幽默，她哑着嗓子说："小穗，你不应该让大叔他……这么讲究……"

赵小穗喃喃地说："我给家里写信，讲了咱们寝室的故事。我爸说，别人家的姑娘是爸妈的心肝儿，我家的闺女也是爹娘的宝贝……"

那一夜，爱说爱笑的姐妹们都不再说话，寝室里静静的，久久弥漫着葵花子的焦香。直到夜很深的时候，王玲才在黑暗中说："我是大姐，提个建议，往后，都别让父母再为咱们讲究了，行吗？"

记 忆 力

申 平

这帮老人家都已年过六旬了,这日却突发奇想,要搞小学毕业五十周年同学会。五十年,整整半个世纪。岁月的风霜早已染白了他们的头发,揉皱了他们的面庞,如今他们再见面,彼此还能认得出来吗?他们是否把珍贵的少年时期的友谊埋藏心底?

于是就打电话、发通知,足足折腾了半个月,还真的把人给弄齐了。全班除四人提前去了另一个世界聚会以外,其余四十一人都答应一定来。

聚会选在一家酒店的一楼,门口挂了标语和彩球,显得非常隆重。来得最早的当然是几个发起者。他们发现,这家酒店的服务真不错:门外有侍应生开门;一进大厅,服务员就把热毛巾递了过来;还有一个提着篮子的小老头儿,给每个人都发一包纸巾——显然,这是为他们流泪准备的。发起者连连赞叹:好,真是想得太周到了。

同学们陆续来到。每一个人的到来,都会引发一阵激动。大家先是静静审视来人,然后突然有个人叫出了他的名字,于是就是一阵欢呼,就是一阵热烈拥抱。也有一些人实在认不出来了，但当他自己一报家门，大家立刻恍然大悟。这种激动就更热烈，因为其中还包含着惊喜。

想想吧，五十年一聚，容易吗？人生会有第二个五十年吗？昔日的少年，今天的老人，你拉着我的手，我搂着你的腰，说啊，笑啊，哭啊……那场面真的是太感人了。那位小老头儿发给大家的纸巾真的派上了用场，而且有人发现，这个小老头儿竟然也被他们感动得热泪纵横。他也频频用篮子里的纸巾擦自己的眼睛。

激动过后，发起者开始清点人数，发现已经来了四十人，就差一个人没有来。大家都在询问：他是谁呢？

那个提着篮子的小老头儿此时突然放下了篮子，走上前来说：是我啊，你们谁都没有把我认出来啊！

"刷"的一下，众人齐齐把惊讶的目光向他射去：你？你是谁啊，有没有搞错啊？

小老头儿在四十双眼睛的审视下有点窘，他急忙挺了挺腰，大声地说：我是陈大福啊，你们再看看、再想想。

发起者赶紧去查名单，果然有"陈大福"这个名字，可是……四十双眼睛又从头到脚把他审视了半天，有个发起者忍不住说：你不是酒店……干这个的吗？他指了指老头儿的篮子。接着他又说：你别开玩笑，我们可是同学聚会……

小老头儿就显得有点着急：我知道是同学聚会，这种事情谁会冒充啊。我明明就是陈大福嘛，你们睁大眼睛好好认认嘛！小老头儿随后又有点委屈地嘟哝道：这纸巾是我自己给大家买的——酒店还管你这个！

于是四十双眼睛再次聚焦，恨不能看穿了他的骨头，可结果还是失望地摇头。小老头儿这回可真有点急了，他说：你们的记忆力……怎么这么糟呢？你们仔细回忆一下，那时咱班每天是谁最早来搞卫生的？你们再想想，学校开运动会，是谁给你们看衣服，是谁给你们打开水？班里组织劳动，又是谁干得最卖力气……

众人仍然半信半疑。突然，一个女同学尖叫了起来：哎呀，我想起来了，他的确是陈大福，他是我们的同学！

众人就一齐把目光投向女同学，显然希望她拿出证据来。女同学就有点兴奋地说：大家还记不记得，有一次他偷了学校附近农民的地瓜，让人家抓住，押到学校门口来示众……

噢——！众人齐发一声喊，他们的记忆闸门一瞬间呼啦啦全部打开。现在再看陈大福，怎么看怎么像他们的同学了。

但是此时的陈大福却没有半点兴奋，反而像中了枪一样痉挛了一下，他张大嘴巴，面部扭曲，用颤抖的声音说：天哪，你们还记着这件事啊！我做了那么多好事，就是想让你们忘了这件事，可是你们太……太伤人了！

陈大福慢慢转过身去，提起他的篮子，摇晃着向门外走去，任凭后面喊破了嗓子，他也一直没有回头。

回　灌

蔡　楠

春上，村主任陪着乡长来到陈九炳的苇田里。那时候，陈九炳正猫腰撅腚给半腿高的苇子锄杂草、去杂苇。绿油油的芦苇在春风中抖擞着，歌唱着。几只呱呱鸟扯着嗓子叫着，在陈九炳的脚下跳来跳去。

村主任说，九炳，乡长来看你了。

陈九炳直起腰来，用手背抹抹汗，哎呀，乡长啊，你咋还亲自来了呢？

一只呱呱鸟蹦到了乡长的脚面上，乡长呵呵一笑，老陈，都说你是难剃的头，我不来，这头剃不了啊！

陈九炳把锄头往地上一戳，乡长说哪里话？俺小老百姓头发长了，随便拿个刀子刮吧刮吧就成了。

乡长轰走了蹦到脚面上的呱呱鸟，老陈啊，这里要建一个休闲旅游综合体，这三千亩苇田荷塘都要挖掉，水抽干了，建酒店、禅院、会所，还有高尔夫球场。到时候，会吸引成千上万的人来这里旅游休闲，给国家能创几个亿的税收呢！

知道！村主任都跟俺说好几遍了。陈九炳说，可俺这五亩半苇田碍着啥事了？这屁股大的地方还能建高尔夫球场？

村主任扳倒了戳着的锄头，不是跟你说过吗，你这屁股大的地儿是不能建高尔夫球场，可它正在球场中心，你说碍不碍事？

陈九炳把扳倒的锄头又戳了起来，俺自己的地碍谁什么事了？爷爷种苇编席打箔，爹爹种苇储粮打囤，苇田是他们的命呢！再后来就到了俺，俺也有大项目，俺闺女在北京和外贸签了合同，收咱这苇子，做芦苇画出口呢！

乡长扑哧一声笑，就你这点儿芦苇，出口？外国人不稀罕！

俺这点儿苇子是少，可俺要收购了这三千亩的苇子就不少了吧？陈九炳说着，领着乡长和村主任蹚过几片茂密的芦苇，向苇田边上走。扑棱棱，"嘎嘎吉，嘎嘎吉——"几只鸹丁被蹚了起来。

村主任一伸手，没逮住，我说九炳，你小子这苇田里还有鸹丁？

甭说鸹丁，就是白鹭黄鹤都来过呢！陈九炳说，鸟是苇子的魂儿，鸟不来了，苇子没魂了，不就蔫死了吗？

村主任拉着陈九炳蹲下，左手掏出一支烟递过去，右手掏出一沓纸递过去，喏，你说人家会卖给你苇子？你看看，他们早把苇田卖给开发商了，钱都揣兜里了！就你傻吧，傻得连个呱呱鸟都不如！

陈九炳一张一张翻着合同，翻一张，骂一句难听话。

村主任说，你也签了吧，一亩地五万多，五亩半地快三十万了，你卖苇子哪里去卖这么多钱？

乡长也了凑过来，刚开发商给我打了电话，说你是最后一家，如果你今天签了，给你追加几万，让你再去新马泰旅游一圈！

那俺要是不签呢？陈九炳把烟扔在了地上。

你儿子在乡里做公务员，还开了家小饭店，公务员违规经商，饭店又没交税，市里正想查他呢！你签了，就什么事都没了！村主任把一张空白合同递过来。

陈九炳愣了半天，哆嗦着在合同上歪歪扭扭签上了自己的名字。

出国旅游一周后，陈九炳回到白洋淀。他没回家，一下船就直奔了苇田。

他没有看见那歌唱的芦苇，也没有看见跟着他跳来跳去的呱呱鸟，更没有看见那一不留神就从腋下飞过的鸪丁，他看见的是十几台挖掘机正牛魔王一样哞哞地吼叫着。在陈九炳的眼里，那不是挖掘机，那是外星人派来的怪物。那怪物，先是慢慢抻长脖子，惊悚地伸到天空中去，接着慢慢地探下身来，尖利的爪子探到葱郁的芦苇丛中，猛地一拱，苇叶苇根就被拔了起来。然后伸向远处，哗地一松，苇叶苇根连同泥土被甩到了五米开外的堤埝上。堤埝长得望不到头，原来一望无际的水域，已经沧海变桑田了……

陈九炳就觉得自己的心被拔了起来，拔到了半空……

一夜未眠。第二天，陈九炳找到村主任，让村主任陪着他找到乡长。他把一个鼓鼓的塑料袋扔在乡长的办公桌上，大声嚷着，乡长，这苇田俺不卖了，俺儿子的事也不管了，你们爱咋地咋地吧！

说完，一扭头走了。

人们好久没有见到过陈九炳。过了些时日，挖掘机走了。又过了些时日，挖掘机又来了。它们扒开了高高的堤埝，抹平了凸起的苇田和荷塘，外面急切的淀水铆足了劲儿，重又回灌了进来。哗啦哗啦的气势过了三天，大淀又恢复如初，波平如镜了。

但淀区的人们却没见陈九炳回来。

秋天，乡长来村里布置建设美丽乡村事宜，来村主任家喝酒。喝到酣处，乡长激动起来，你问这淀水回灌的事谁弄成的？陈九炳！这老小子，真有些胆魄，他先是跑到市里反映，市里没表态；又到省里，还没个结果。你说他去了哪里？他让女儿领着直接去了环保部，这么大的项目，既没环评，又没洪评，项目就叫停了。停得好啊！要不我们脑瓜一热，就都被开发商忽悠啦——

是啊，停得好！祖宗留下来的这汪儿水经不起这么折腾呢！村主任端杯凑过去，碰了一下乡长的杯。

九炳呢？怎还不见影？乡长问。

他弄出这么大的动静，吓得躲到旱地亲戚家去了！

快，快给他打电话，乡长挥舞着胳膊嚷起来，你就说，他苇田里的呱呱鸟和鸹丁又飞回来了……

不可知的偶然

格 非

1980 年夏天，我参加了第一次高考，毫无意外地，我落榜了——化学和物理都没有超过四十分。母亲决意让我去当木匠。

当时木匠还是个很让人羡慕的职业。我们当地有很多有名的木匠，但我母亲请不到，她请了家里的一个亲戚。这个木匠因自己是有手艺的，觉得自己特别牛，很是凶悍。他对我母亲说，这个孩子笨手笨脚的，不严厉是学不出来的，我要是打他你会舍得吗？母亲只得说，你打吧。我很不喜欢这个跷着腿坐在木椅上的人——我和他无冤无仇，他为什么要打我？我就对母亲说，我要考大学，而且要考重点大学。母亲睁大了眼睛说，孩子，你怎么能说这样的话呢？你连门都没有摸到呢。你要是考上大学，我们都要笑死了。

就在我灰了心，要去当木匠学徒的时候，一位镇上姓翟的小学老师，敲开了我家的门。他与我非亲非故，素不相识。我至今仍然不知他是如何寻访到我们村的。我依然清晰地记得，夜已经很深，大家都睡了，他戴着草帽，站在门外，把我母亲吓了一跳。他见了我劈头就说，你想不想读谏壁中学？——那是我们当地最好的中学。我当然是很愿意的。他说他可以把我引荐给那里的他的一位朋友。

当我拿着翟老师的亲笔信到了谏壁中学，他的那位朋友却告诉我，语文、数学必须拿到六十分，不然无法进入补习班。他说，让我看看你的高考成绩单。

在决定命运的时候，我的脑子还算比较清醒。我知道我的成绩根本不能进入这个补习班，我也知道无论如何不能够把口袋里的成绩单给他看，于是我说，我把成绩单弄丢了。

"你可以去丹徒县文教局查一查，把分数抄回来。"他说完，给了我一个地址。

县文教局在镇江，青云门六号。在马路边上，我只要随便跳上一辆公共汽车，就可以回家，永远做一个木匠的学徒。可是如果我去镇江的文教局呢？事情结果是一样的，我还是会得到一张一模一样的成绩单，还是无法进入谏壁中学，还是要返回家乡，做一个学徒，为我的师傅递上热毛巾，听任他打骂。

我徘徊了两个小时。镇江对我而言，是一座陌生的大城市，它实在太远了，我从来没有去过那里。我其实是一个很保守的人，不会轻易冒险，不会去做我觉得非分的事情。我觉得我有百分之九十的可能是要回家的。我根本没有去过镇江，而且去了也不知道县文教局在哪里。这些都是我无法逾越的困难。但那一次，不知道是什么原因，我鬼使神差地登上了前去镇江的过路车子。

到了县文教局，正好是下班时间，传达室老头儿冷冷地说，现在下班了，你不能进去。

我想也罢，我进去又有什么用呢？在我打算掉头离开的时候，有人叫住了我：小鬼，你有什么事？

我看见两个人，一男一女，往外面走。我说我的高考成绩单丢了，能不能帮我补一下？

男的说，下班了，明天吧。

女的则说，我们还是帮他补办一下吧，反正也不耽误时间。

他们把我带回办公室，帮我查找档案，又问我办这样的成绩单，有什么用处。

我沉默了一下，突然说："我的成绩单没有丢。"

"那你来这里干什么？"他们显然有些生气了。

我于是讲了高考的落榜，讲了自己很想去谏壁中学补习，但是没有达到他们要求的分数线。我说我一定要读这个补习班，去考大学。

那个女的说，这怎么行？男的不吭气儿，他抽着烟，盘算了好一会儿。他让我出去等回话。十分钟后，他说，唉，帮你办了。

我那时很小，十五岁，穿的衣服很破旧。大概他是因此萌发了帮助之心。

他们问我需要多少分，我说语文七十分，数学八十分。说完了很后悔，因为这个分数已经可以考上大学了。我又把分数改过来了，语文六十八分，数学七十分。写完了之后要盖章，但是在这节骨眼上，公章突然找不到了。

他们翻遍了抽屉，打开又合上。这对于一个小孩子来说，可能是最紧张的时候。没有章不就完了吗？事实上公章就在手边，大概是当时大家都太紧张了吧。

女的盖完了章，轻轻说了一句："苟富贵，勿相忘。"我的眼泪一下子就流出来了。那是我迄今为止见过的最美丽的女性。我的感激出于如下理由：她竟然还会假设我将来会有出息。

我似乎没有说什么感激的话，拿着成绩单，飞跑着离开了。

等回到家的时候，我一天都没有吃饭，整个人都要虚脱了。

第二年我再次参加高考，开始了在大学的求学之路。

对我而言，生活实在是太奥妙了，它是由无数的偶然构成的。你永远无法想象，会有什么人出现，前来帮助你。我这样一个人，怎么可能相信生活是一成不变的呢？为什么我会那么喜欢博尔赫斯，喜欢休谟，喜欢不可知论？因为我觉得生命是如此脆弱，而生活很神秘。我觉得这跟我后来的写作，也有相关之处。

谁先看见村庄

黄建国

　　她们回来了。她们不久将会看见自己的村庄。几分钟以前，长途汽车"嘎"一声停下，她们从窗口扔下大包小包，匆匆挤出车门。汽车重新启动，拖一股白烟，拐过沟岔不见了。一会儿，她们要跨过干涸的沟川，沿着对面那条蜿蜒的小径爬上去，然后，就能看到她们的村庄了。她们从南方赶回来过年，带着一大堆颜色鲜艳的包裹行李。

　　她们站在路边四下张望。才五点钟刚过，太阳就已经看不见了，只在西边的沟坡上残留一些余晖。沟川里静得很，雾气弥漫，既朦胧又透明，让人觉得恍若幻影神秘莫测。在将近两年的时间里，这村庄、沟川、羊肠小道，曾经那么执拗地、记不清有多少次在她们遥远的异乡的梦里出现过。

　　她们不急于爬沟。她们需要平息一下心情，定一定神。再说，她们后头还要进行一场比赛，看谁先爬上沟坡，第一个看见村庄。这是她们的约定。

　　现在，她们走到了沟川的西边，抬头打量那条像被野风吹得弯弯曲曲的灰布带一样的路。就是它，那么亲切地通向坡顶，通向她们的村庄。

"我不知道为啥一点儿也不激动，"她们中的一个说，"我想我们应该是激动的呀。你说这是为啥呀，二亚？"

二亚说："你鬼迷心窍！我的心扑通扑通乱跳哩。你想想，为了省路费，咱们去年就没有回来，快两年了啊。我不知道我一走进家门会是啥情景，先叫爷还是先叫妈？"

不叫二亚的姑娘没有应声。她感到领口和袖口那儿有些冷。刚下车的时候，凉风扑面，怪舒服的；现在，这风突然间又凶又硬，冷飕飕的。内衣好像还沾了汗，贴在身上，风灌进来，说不出的难受。她左右拧一拧身子，把脖子往下缩了一大截。

"你看你，"二亚说，"到家门口了反倒没个形了。"

"我冷。"她说。

二亚也感到了冷。她伸出手去试一试风。她把双手举到面前，翻看自己的手心手背，然后往手心里呵了一口气儿。

"我不想看见我妈的手裂的口子，"二亚说，"我妈每年冬天两只手都裂成了锯齿，她整天痛得吸溜吸溜的。"

不叫二亚的姑娘也张开自己的手指看。

"我想哭。"二亚说。她佯装成哭的样子，"啊呜"了一声，但她马上又嘲笑自己说："我这是干吗呀，神经兮兮的。"这时候她担心起另外一些问题来，"咱们寄的钱，家里会不会没收到？"

"不会。"不叫二亚的姑娘说，"咱们回去后翻开本子一笔一笔查对。"

"会不会有人认为咱们不干净？"

"你真能瞎操心。谁干净不干净在脸上会写着字？"

"众人口里有毒哩，硬把白的能说成黑的。"

不叫二亚的姑娘有些不耐烦，她哼了一句歌词作为回答：

"白天不懂夜的黑。"

然后她说："我要唱歌。"然后她扭动屁股，怪声怪调地唱起来，"回到拉萨，回到了布达拉……"

"我也唱。"二亚说，"唱完咱们爬坡。"她看见太阳在东沟坡顶上只剩一点儿蜡烛光的颜色了。

"常回家看看，回家看看……"

她们唱歌。她们的歌声一高一低，在沟川里被凌厉的风撕扯得七零八落，实在不成个什么调子。

"呀，"二亚说，她突然住了声，"我们的脸！"

不叫二亚的姑娘愣着。

二亚顿了一下脚："我是说咱们嘴唇上的口红，还有描的眼影！"

不叫二亚的姑娘说："你多漂亮啊。"

二亚说："我给你说正经的呢。我这个样子怕我妈认不出我来，说我是个妖怪。"

不叫二亚的姑娘哑了声。她看着二亚。她们互相看着。她们以前没想到这会是个问题。她们每天都要化化妆的，包括在拥挤的火车上和颠簸的汽车上。

"一定得擦掉。"二亚说。

她们开始找纸巾。但翻遍了身上所有的口袋和小包，也没有找出一片软一点儿的纸。她们带的纸巾一路上大手大脚地用光了。她们甚至用纸巾擦拭火车的茶几和汽车的窗玻璃，还擦了几次皮鞋，唯独没想到最后会用它来清除嘴上的口红。她们低头四处探望，希望能看见一汪水。但是，没有。沟川是干的。她们盯住自己的衣服，可她们舍不得橘黄色和天蓝色的外套染上不同颜色的斑迹。她们快要恨死自己了。

"我说，咱们吃了它。"

她们用唾沫把嘴润湿，拿牙齿啃上唇，再啃下唇，让舌头转一圈儿，又转一圈儿。她们把唾沫吞下去，又"呸呸"吐出来，沾在手指上擦拭眼影。

不叫二亚的姑娘说："呀，咱们的口红不高档，吃下去怕有毒。"

"不管它，"二亚说，"这个不重要。毒不死人。"

她们擦啊，抹啊，脸上已麻麻的，只是不知道此时自己脸的样子。她们互相看也看不清，因为太阳早已经熄灭了。她们想着这么一弄她们的脸就很本色了呢。

"呀，天都黑了，"她们说，"咱们快爬吧，看谁先看见村庄。"

黑夜像汹涌的黑水淹没了她们。

女 票

孙方友

　　他灵巧地玩弄着一支枪。

　　那支德国造的小左轮如黑色的乌鸦在他的手里"扑棱"了一会儿，然后又被他紧紧地攥住。他下意识地吹了吹枪管儿，乜斜了一下不远处那个被绑的女人，咽了一口唾沫。

　　你一定不想死！他说。可是没办法！

　　被绑的女人一脸冷漠，静静地望着前面的那个男人。她看到他又卸了枪，那枪被卸得七零八落，似一堆废铁。废铁在阳光下闪烁，显示出能吃人肉的骄傲。他用手"洗"着零件，眨眼间，那堆废铁又变成了一只"黑乌鸦"，在他的手中"扑扑棱棱"展翅欲飞，然后又被牢牢地攥住。

　　怎么还没听到枪响？芦苇荡的深处传来了故作惊诧的询问声。

　　头儿，舍不得那娘儿们就放了她嘛！有人高喊。

　　一片嬉闹声。

　　他蹙了一下眉头，抬头望天。天空瓦蓝，白云如丝般轻轻地飘过，穹顶就显得无垠而辽阔。阳光在湖水里跳荡，堆银叠翠。芦苇摇曳，晃得人醉。那女人仍在盯着他。他看到女人那乌黑的秀发上沾满了芦花。白皙的脸冷漠无情，丰腴的胸高耸如峰。

他终于掏出一粒花生米大小的子弹，在口里含了含，对着阳光照了照，然后在掌心中撂了个高又稳稳地接住，说：这回就要看你的运气了！

他说着看了一眼那女人——正赶一阵小风掠过，女人的旗袍被轻轻撩起，裸露出细细嫩嫩的大腿。白色的光像是烫了他的双目，他禁不住打了个愣，觉得周身有火蹿出。

头儿正在想好事儿哩吧？那边又传来了淫荡的笑声。

女人看到他那刚毅的嘴角儿被面颊的颤动牵了一下，那张年轻的脸顿时变形。他终于举起了那支枪。那支枪的弹槽像个小圆滚儿，如蜂巢，能装十多粒子弹，弹槽滚儿可以倒转，往前需要扣动扳机。她看到他把那颗子弹装进了弹槽，"哗哗"地倒转了几圈儿然后对她说，这要看你的命了！这里面只有一颗子弹，如果你命大，赶上了空枪，我就娶你为妻。他又说。

她望着他，目光里透出轻蔑。

你知道，土匪是不绑女票的，女票不顶钱。有钱人玩女人如玩纸牌，决不会用重金赎你们的。他说着举起了枪，突然又放了下去，接着说：让你死个明白，我们绑你丈夫，没想弟兄们错绑了你。我们不是花匪，留不得女人扰人心。不过，若是我要娶你为妻，没人敢动的。但我又不想娶你这个有钱人的三姨太，所以这一切要由天定了！说完，他又旋转了几下弹槽滚儿，才缓缓举起了枪。

女人悠然地闭了双目。

那时刻湖心的岛坡上很静，一只水鸟落在女人脚下，摇头晃脑地抖羽毛。芦苇丛里藏满了饥饿的眼睛，正朝这方窥视。

他一咬牙，勾动了扳机。

是空枪!

求你再打一枪! 她望着他说。

他摇了摇头,走过去说,我说过了,只打一枪。你赶上了空枪,说明你命大,也说明咱俩有缘分。

她冷笑了一声,说,你想得很美呀!

你想怎么样? 他奇怪地问。

我想死死不了,也想认命。她望了他一眼,松动了一下臂膀,拢了拢乱发回答。

怎么个认法?

我也打你一枪!

他怔了,不相信地望着她,好一时,突然仰天大笑,说,够味儿,真他妈够味儿! 怪不得陈佑衡那老儿喜欢你! 我今日算是等到了对手,就是栽了也值得! 他说完便把枪撂给了她,然后又掏出了一粒"花生米"。

她接过那粒子弹,装进了弹槽儿,然后,熟练地把弹槽滚儿旋转了几圈儿,对着他走了过去。

她举起了枪,姿态优美。

他吃惊地张大了嘴巴。

大哥,听说这女人可是枪法如神哪! 苇丛中的人齐声喊——声音里充满了担心和惊悸。

她笑了笑,又转了一回弹槽滚儿,对他说,如果是空枪,俺就依你! 说完,重新举起了小左轮。她的手有点儿抖,瞄了许久,突然,颓丧地放下枪,好一时才说,俺不认命了,只求你从今以后别再当匪,好生与俺过日子!

他愕然,呆呆地望着她,像是在编织着一个梦幻。

你命不好,我愿意跟你去受罪。她不知为什么眼里就闪出了泪花儿。

他疑惑地走过去，接过那枪一看，惊呆如痴。

俺转了两次，可那子弹仍是对着枪管的！她哭着说。那时候，俺真想打死你，可一想你命这般苦，就有点儿可怜你了。你不知道，俺也是个苦命的人啊！

他愤怒地勾动了扳机，枪声划破了寂静，苇湖内一片轰响。

他颓丧地垂了手枪，对她说，好，我听你的，带你去过穷日子！

四周一片骚动，无数条汉子从芦苇中跑出来，跪在了他的四周，齐声呼叫：头儿，您不能走呀！

今日能得鲍娘，也是我马方的造化！他平静地说，弟兄们，忘了我吧！

有人带头掏钱，他和她的面前一片辉煌。他望着那片辉煌，跪下去作了个圆揖，哽咽道：弟兄们的恩德我永世不忘，但这钱都是你们用命换来的，我马方一文不带！说完，他掏出那把左轮，恭敬地放在了地上。她走过去架起他，然后拾起那把左轮，说，你当过匪首，说不定会出什么事，带上它也好做个防身！

他哭了。

二人下了山。

军犬黑子

吴若增

　　那一年，我认识了一位军犬训导员。我问他：最聪明的狗能达到什么程度？他说：除了不会说话，跟人没有差别。他的回答，令我一怔，随后我说：你准是掺进了许多感情色彩吧？不！他说。

　　他给我讲述了几个关于狗的故事，都是他亲身经历的。有几个，我已淡忘了，唯其中的一个，至今记得鲜明。

　　那是他讲到，在他们的那个营地，有一条名叫"黑子"的狗极其聪明。有一天，他们几个训导员想出了一个特殊的办法，决定用来测一测黑子的反应能力。他们找来了十几个人，让这些人站成一排，然后让其中的一位去营房"偷"了一件东西藏起来，之后再站到队伍中去。这一切完成了，训导员牵来了黑子，让它找出丢失的那东西，黑子很快就用嘴把那东西从隐秘处叼了出来。训导员很高兴，用手拍了拍黑子的脖颈以示嘉奖，之后，他指了指那些人，让黑子把小偷找出来。黑子过去了，这个嗅嗅，那个嗅嗅，没费多少劲就叼住了那个小偷的裤腿将他拉出了队伍。

　　应该说，黑子把这任务完成得极其圆满，但训导员却使劲儿地晃了晃脑袋对黑子说：不！不是他！再去找！黑子大为诧异，眼睛里闪出了迷惑的光，因为它确信自己并没有找错人，可对训导员又充满了一贯的绝对的信赖。这……这是怎么回事呢？它想。不是他！再去找！训导员坚持。黑子相信了训导员，又回去找……但它经过了再三再四的谨慎辨别和辨认，还是把那人叼了出来。不！不对！训导员再次摇头。再去找！

黑子愈发地迷惑了，只好又走了回去。这次，黑子用了很长的时间去嗅辨。最后，它站在了那个小偷的腿边转过头来，望着训导员。意思是——我觉得就是他……不！不是他！绝对不是他！训导员又吼，且表情严厉起来了。

黑子的自信被击溃了，它相信训导员当然要超过了相信自己。它终于放弃了那个小偷，转而去找别人。可别人……都不对呀……

就在他们那里头！马上找出来！训导员大吼。

黑子沮丧极了，在每一个人的脚边都停那么一会儿，看看这个人像不像小偷，又扭过头去看看训导员的眼色试图从中寻到一点点什么迹象或什么表示……最后，当它捕捉到了训导员的眼色在一刹那间的微小的变化时，它把停在身边的那个人叼了出来。当然，这是错的。

但训导员及那些人们却哈哈大笑起来，把黑子笑糊涂了。之后，训导员把小偷叫出来，告诉黑子：你本来找对了，可你错就错在没有坚持……

一刹那间，令训导员和全体在场人们莫名意外兼莫名惊恐又莫名悔恨的是，他们看到——当黑子明白了这是一场骗局之后，它极度痛苦地"嗷"地叫了一声，几大滴热泪流了出来。之后，它沉沉地垂下了头，一步一步地走开了……

黑子！黑子！你上哪儿去？训导员害怕了，追上去问。

黑子不理他，自顾自往营外走去。

黑子！黑子！对不起！训导员哭了。

但黑子无动于衷，看也不看他一眼。

黑子！别生气！我这是跟你闹着玩儿呢！训导员扑上去，紧紧地搂住了黑子，在黑子面前热泪滂沱。

黑子挣脱了训导员的搂抱，一步一步地走到了营外的一座土岗下，找了个背风的地方趴下了……

此后好几天，黑子不吃不喝，神情委顿，任训导员怎么哄，也不肯原谅他。人们这才发现——哪怕是只狗，也是要尊严的！

或者反过来说——它们比人更需要尊严……

后来呢，后来是黑子不再信赖它的训导员，甚至不再信赖所有的人。同时，它的性情也起了极大的变化，不再目光如电，不再奔如疾风，甚至不再虎视眈眈、威风凛凛……训导队没办法，只好忍痛安排它退役……

啊，黑子呀！

租个儿子过年

宗利华

看到那则启事，他的眼睛亮了一下。

启事的内容别具一格，"期望一名有爱心有亲情观念的男孩子和我们一道过除夕之夜"。署名是，一对年迈的老人。

他笑了。毫无疑问，那个地方太适合他当前的处境了。于是，他给老人打电话，说明自己的意思。那端的女人显得异常兴奋！他听女人说，老头子，终于有人打电话来了！

按照地址，他敲开了那家的门。是一个在这座边远小城常见的四合小院。迎接他的两位老人比他想象的还要老，头发都花白了，而且步履蹒跚。

他正不知道称呼什么才好，却见女主人眼圈发红，张着双手，嘴角抽动着说，孩子，你终于回家了！

他觉得什么部位被猛地敲击了一下，眼睛就潮润了。他不由自主就脱口而出，妈，儿子回来了！他一下想起自己的母亲了。

于是，一切顺理成章了，他被父母拥着走进屋子。一进屋，那股家的感觉就扑面而来。母亲敲打着他身上的尘土，父亲不动声色地递过一杯红糖水。他开始逐渐进入角色。母亲领着他说，你的房间早就为你收拾好了，一切都是老样子。这边是洗手间，这边是厨房。你先洗一洗。然后，咱一起包水饺。

他洗了一把脸，一边擦着，一边踱进了他的房间。突然视线里就出现了一张放大的照片。是一个二十岁左右的男孩。

那是我们的儿子。他一回头，就发现老头站在身后了。但老人说过这句，就闭了嘴。

这时，母亲在外面喊起来，洗好了没有，你们爷俩在那里磨蹭什么？老头马上换了脸色，笑着说，好了，我们就去。

水饺馅是早调好的。母亲已在擀皮儿了。擀面杖在她的手下发出欢快的声音。他挽挽袖子，坐下来，开始揉面。以往春节，在家里就是这份情景。父亲的任务是烧水，这是一项轻快活，倒上水，打开炉子，就没事了。于是坐在一边，安静地瞧着娘俩快乐地忙活。母亲开始讲一些琐碎事情了。那些事情，他并不感兴趣，但他知道母亲喜欢，所以就听着，有时他会插问一句，母亲就把手里的活暂放一下，瞧着他，跟他解释。

水饺出锅以前，是要放鞭炮的。

母亲的情绪在这时达到了顶点。她站在屋檐下，看着夜空里烟花缤纷，脸上漾着光芒，指挥着说，咱们也可以点鞭炮了。于是，他点燃了，母亲竟拍着手到院子里来了，而且，在鞭炮声中，孩子般地跳起来！

然后，一起吃水饺，一起看春节晚会，一起说着笑着。直到母亲累了。母亲说，我真高兴啊！可我是真累了。父亲走过来，说，你得休息一下了。

他在那天晚上睡得非常踏实。连日的疲惫一扫而光了。当新一天的阳光照射进窗口时，他突然醒来，一下子坐起。半天才清楚了发生的事情。

那对老人看上去神情黯然了。母亲走过来，给他系系扣子，说，孩子，我知道，无论怎样，我不会取代你母亲在你心中的位置，记着，漂泊在外的时候，常给父母打个电话，抽空儿回家看看他们……

他觉得眼眶一热，看到母亲泪水下来了，于是伸手轻轻地替她擦拭，一边点着头，我知道了。

老头送出来，悄悄地掏出一张钱，说，真的非常感谢你，这是你的报酬，我们拿不出更多的钱来了。

他坚决不肯要。他说，你们已让我明白太多东西了。

老头仍道着谢，是你了了我们一桩心愿。你大妈，她实际上，活不了几天了，她得了癌症！她最大的心愿就是陪儿子在除夕夜再吃一顿她包的饺子。可我们的儿子，他，再也吃不到了。

他根本没听清老人后来在说什么，在那一瞬间，他忽然觉得自己变了模样。

辞别了老人，他飞快地奔向电话亭，拨通了自家的电话。话筒里传来老母亲的声音时，他已是泪流满面了。母亲一下子叫出了他的名字！母亲没听到他说话，就知道是自己的儿子了！

半天，他哭着说，妈，我想回家！

电话亭里的小姐莫名其妙地瞧着他。

她当然不可能知道，这个打电话的人是一个在逃犯。

人到老年

刘连群

女儿一家走的时候，他正在厨房里洗碗。

水池上方挂着一面家传的老式圆镜，他洗着碗不时瞟上一眼，发现自己的气色很好，晚饭时喝了两杯花雕酒显得越发红润。头发黑密，只两鬓、额际有些花白，仍不像年过半百的人。亲友们见面都这么说。

是妻送女儿出的门。女儿临走还招呼了一声："爸，我们走了啊！"未等他应声，妻已经又继续叨念着她的叮咛嘱咐，随后"嘭"的一声，门就关上了。

单元房里骤然变得很静，没有了小外孙噔噔噔跑来跑去的脚步声，没有了女儿们叽叽嘎嘎说不完的家常话，连电视机也沉寂了。妻总是这样，每当她要出去都随手把电视关掉，不管他是否在看，这似乎是对他每天晚上没完没了地冲着电视发呆、不到所有频道的节目播放完毕不肯挪动屁股的某种报复。可是，平日家里只有老夫老妻，冷冷清清的，不泡电视又干什么呢？门外，隐隐传来妻送女儿一家下楼的声音，越来越远了。他有点儿后悔刚才没有一道去送，忙往阳台上跑，不料被厨房的门槛绊了一下，身子前扑，差点儿跌在煤气炉上，多亏及时收住步子，又站稳了。自己的腿脚还算利索，他庆幸地想，如果是母亲，就糟了。母亲去世前的几年，两条腿就不听使唤了，上下楼梯很困难，在屋里走动也很慢、很吃力。但母亲又闲不住，他们去时，不论干什么活儿，母亲总嚓嚓地在身后跟着转，受了抱怨，脸上便露出歉意的笑："一个人，做惯了呢……"他们就不再言语。他和妻商量过把母亲接来，或者他们搬去一起住，却总有这样那样的考虑定不下来，后来他又觉得每星期去一次，倒显得更新鲜、亲热。

晚了一步，女儿一家已经顺着楼前的小路去远了。妻还立在楼门口，招手，喊着下次再来一类的话。从阳台往下看，妻变得很矮小，伸出的右臂像一只细弱而又竭力摇动着的翅膀。随之望去，他的手臂也不由得扬了起来，要喊什么，还没有出口，有两句话，先颤颤地在耳边响了："小蓓！下星期天，和爸爸、妈妈一起来呀……"是母亲在叮嘱孙女。他听了，就忙让女儿答应，女儿仰头脆生生地叫："外婆再见！"又听老人应了，他们一家才骑上车出发。总是这样，下楼到门口，母亲已在阳台上探着身子，招手、张望了。他们下三层楼梯，用不了多长时间，母亲的腿脚又不灵便，竟每次都抢在前面，现在一想简直不可思议——厨房，还有一道门槛呀……

小路尽头，一抹烧着血红的霞云，暗了，夜色浓重。阳台陡然像旋离了楼身，高高地、孤零零地在茫茫夜空中悬浮……

妻唤了几次，他才转身踽踽地往屋里走。路过厨房，在那面家传的老式圆镜里，他看见了满头如雪的白发。

1935年的羊

徐建宏

　　找到学校，老旺看见曹老师正在巴掌大的操场上给学生们布置下午上山打柴的事。冬天的太阳光把曹老师的话照得暖洋洋的。山里太穷，孩子们读不起书，只能隔三差五地到山上打些柴，然后挑到镇上卖了弄点钱。老旺看到自己的孩子狗娃一狗娃二也在中间，细长的脖子抻得像两条羊腿。

　　等学生们散了，老旺急忙把曹老师拉到一边，抖抖索索地从破棉袄里掏出一个旧布包。大概是午后的太阳光显出了力量，曹老师注意到老旺的额上微微出了点汗。老旺说："曹老师，你看看这里面写的啥？"

　　曹老师疑惑地打开布包，从里面露出一张缺角的纸条。由于年深日久的缘故，纸条已经渍黄不堪，上面不规则地分布着一些细洞。曹老师展开纸条，只见上面写着：

借　条

　　兹借到瓦村邢元富家羊二十只，俟革命成功后以两倍奉还。

此据。

曹老师抬头看看老旺，此刻老旺的眼睛像两把钳子钳住了他。曹老师说："老旺，这东西你从哪儿找到的？"

"俺家的一个破墙洞里。"老旺急切地说，"上面写了些啥？"

曹老师莞尔一笑说："邢元富是你家什么人？"

"俺爷爷呀。"老旺说，额上的细汗已经变成了颗粒。

"老旺，恭喜你啊。"曹老师一巴掌拍在老旺的肩上说，"你家发财了。"

消息是从这天午后开始像花朵一样开遍了整个瓦村的。到黄昏时老旺家的院子里已挤满了人。没有谁对老旺怀里的那 40 只羊持怀疑态度。整个瓦村似乎隐隐听到了从 1935 年传来的羊叫声。瓦村虽然偏僻，但历史上也是个弹痕累累的地方。离村不到一里，马蜂窝似的弹坑足以印证瓦村昔日的荣光。应该说，这张借条对老旺的确太重要了，它的重要性甚至超出了我们的想象。老旺一家六口人，妻子长年捧着一只酱黑的药罐，加上自己腿脚不灵便，儿子狗娃一狗娃二还是因为曹老师才读上书的，靠着几只咩咩而叫的羊儿养家糊口，生活的艰难可想而知。

这天夜里，瓦村的所有家庭都在斑驳的泥墙上寻找历史的破洞。1935 年的羊叫声弥漫了整个瓦村。

根据曹老师的指点，老旺第二天一大早就翻山越岭到镇上去了。曹老师关于纸条的一些看法在镇政府的办公室里得到了证实。一个干部模样的人打着夸张的手势对老旺说：这张借条非同一般，我们一定要认真核查。尤其是首长的签字，需经专家鉴定。老旺听了这番话，心里紧一阵慢一阵打起了鼓。这时候恰巧镇长进来，镇长把老旺请到自己的办公室，还给老旺泡了杯茉莉花茶，这使老旺在茉莉花的清香中毫不犹豫地把那张借条留在了镇长那儿。

冬去春来，日子的流云在漫长而煎熬的等待中随风而逝。老旺日复一日地把羊群赶到山坡上，看远处山梁上腾起的黄尘，也看曹老师带着狗娃他们上山打柴的情景。老旺的心里酸了又涩，涩了又酸。据村里人说，曹老师的父亲是个烈士遗孤，战争年代被寄养在瓦村。后来曹老师是从遥远的大城市来到瓦村教书的，几十年的青春在黄尘古道中悄无声息地献给了瓦村。老旺记得，几十年间曹老师才回过五次家。

后来的消息是曹老师从镇上带回来的。那天曹老师和几个学生挑着柴火到镇上去卖，归路上顺便去了趟镇长办公室。镇长答复说，经多方鉴定，现已确认了那张借条，首长的签字也真实无讹。再过几天县里就会派人把折合的一万块钱送到瓦村去。镇长的叙述让曹老师喜出望外，以至在走出办公室时曹老师一脚踩空把脚崴了。

县里派人在镇长的陪同下来到瓦村是几天以后。那是个令人难忘的日子，整个瓦村到处尘土飞扬。人们看到瘸腿又老实巴交的羊倌老旺从县里来的同志手里接过一个大红纸包，那鲜艳的色彩在灿烂的阳光下让人热血沸腾。这个中午，我们的农民兄弟老旺像一颗挂在秋天树上的红柿子般引人注目。1935年的羊叫声又一次回荡在瓦村的天空。

老旺找到学校时天刚蒙蒙亮。曹老师扶着墙壁出来开门，看到一脸土色的老旺，开玩笑说："老旺，你的脸是不是被钱烧了？"

老旺站在门口，从门外透进来的光线照出曹老师房间里的摆设简陋又寒碜，灶上的白烟袅袅散开。老旺迟疑了一下，从怀里掏出一个纸包塞到曹老师手上说："俺想了整整一宿，这两千块钱就送给学校吧。往后你和孩子们不要再上山打柴了。"

曹老师空洞地张了张嘴，一时无从说起。

老旺粲然一笑说："狗娃们这几年全靠了你才念上书的，还有俺们家。你的恩情俺们忘不了。留下的那几千块钱，够俺们还债和添些羊啥的了。"老旺憨厚的笑脸在逆光中灿烂而令人心动。

曹老师凝视着老旺一瘸一拐地走入晚春的早上，眼前一片模糊——他仿佛看到了有许多可爱的羊簇拥在老旺身后，老旺就像站在洁白的云彩上。在他耳边，1935年的羊叫声如水而来。

怀念拥有阳光的日子

墨　白

　　车停了，站牌前的人一齐拥向车门。乘务员用尖细的声音喊道："先下后上，先下后上……"车里的人鱼贯而出，接着车外的人鱼贯而入。在门快要关闭的时候，车门里伸上来一根竹竿。我和萍同时看到了一位盲人，他摸索着走上车，把竹竿揽在怀中，伸手探摸着头上的拉手。他高大的身子像一堵墙贴在我身边，他的衣襟被车外的风扬起来撩着我的脸，这使我的心中生出几丝不快。我看了身边的萍一眼，身子往里挤了挤。萍看了盲人一眼，对我说："让他坐下吧。"说完，她就站了起来。

　　萍的善意驱走了我心中的不快，我也跟着站了起来，拉着盲人的衣服说："来，你坐下吧！"盲人很感激地说着谢谢，坐了下来。在行驶的公共汽车上，萍靠在我的怀中，她那光滑而散发着菠萝香味的长发使我感到无比幸福。恋爱使我身边的一切都变得十分美好，我用祥和的目光去看待世间的一切，那段日子我成了世上最幸福的人，那些日子里的阳光也无比的明媚。我和萍几乎每次都乘6路车去河滨公园，度过我们拥有浪漫情调的周末。

也就是在那个春季里，我和萍几乎每个周末都能在河滨公园里见到那位盲人。他总是一个人坐在河边的石凳上，面对洒满阳光的河道，久久地一动不动。渐渐地，我们对他产生了兴趣：一个盲人，每个周末都来到这里，他在寻找或者怀念什么呢？我想走过去和他交谈，但被萍拦住了。萍说："或许他正在回忆一段幸福的往事，你不要去打扰他。"

　　"那他在想什么呢？"

　　"可能在想他所爱的人吧？"

　　"他所爱的人到哪里去了呢？"

　　萍对我摇摇头说："不知道。"而后她又对我补充说："或许他所爱的人出远门了。他们约好了在这里相见，他就一直这样在这里等她回来……"

　　我抚摸着萍的头发说："或许是这样。"说完，紧紧地把萍拥在怀中。我们一同望着河道，在河岸上，有几个孩子正在放风筝，风筝飞得很高，风哨声从洒满阳光的天空中传下来，那快乐的风哨声掺和了某种情绪，布满了世界的每一个角落。

　　这样快乐的时光一直延伸到夏季。一个周末，一场暴风雨即将来临之际，我和萍又一次看到那个盲人。盲人在闷热的空气里坐在那条石凳上一动不动。雷声从头顶上滚过，狂热的风仿佛一个巨人在踩躏着我们身边的树丛。萍说，我们应该去告诉他："暴风雨来了。"但没等我们说，那个盲人已经站起身来用竹竿探着路向我们这边走过来。这时暴雨已经来临，可是，就在盲人的前边有一条高压电线不知道怎么被风刮断了，黑黑的粗线像一条蛇盘在地上。盲人还在向我们走来。萍惊叫一声，挣脱我的手朝那个盲人跑过去。萍在风雨中展开她的双手像一只飞翔的鸽子，她一边跑一边朝接近高压线的盲人喊叫："别动——"我心里闪过一丝惊恐。我知道他们都处在危险之中，我也朝萍飞奔过去。在大雨中，我看到萍在拉起那根黑线的时候被什么东西抛起来，而后又摔倒在地上。我还没有接近萍倒在雨里的身体，就感到一股强烈的电流涌进我的体内，我的身子被什么东西狠推了一下似的被抛在了路边的冬青丛里……

当我醒来的时候，我的眼睛上缠着白色的绷带，我再也看不到外面的世界了！我伸出颤抖的双手喊着："萍——"可是没有萍的声音，回答我的只是悲伤的哭泣声。我撕心裂肺地叫着："萍——"我又一次昏迷了过去。

在那个遥远的夏季里，我失去了明亮的双目，世界从此在我的面前变得一片黑暗。我常常处在一种凄伤的情绪里，我的耳边常常回响着萍的笑声。我开始变得沉默不语，在黑暗里我常常回忆起我和萍在一起度过的快乐的时光。在一个周末，我突然产生了一种要到河滨公园去的渴望，就独自一人用竹竿探着路来到 6 路车的站牌前，我仿佛看到了萍就站在我的身边。车来了，我听到乘务员那尖细的声音："慢点慢点。"我被一只手拉到了车上，我把竹竿揽到怀中，伸手摸索到了头顶上的拉手。这时我听到了一个女孩子的甜甜的声音，她说："你坐吧。"我在一只手的搀扶下在座位上坐了下来，然后，我听到一对情人站在我身边如歌的窃窃私语。在黑暗里，我突然看到了萍，萍在灿烂的阳光里朝我奔过来，像一只飞翔的鸽子。我在心里默默地叫了一声："萍——"泪水夺眶而出……

最后一颗子弹

奚同发

谁也没想到，高大而茂密的林子间竟然有那么一片绿草如茵的空地。刑警吴一枪就是在那片林子里与最后一名歹徒狭路相逢的。这之前，吴一枪已追赶逃犯一整晚。那里树密山高，与战友已失去联系的他只能孤军作战。

黎明时分林子间还缭绕着一团团带状的雾气，相距不足百米歇息的两人几乎同时发现了对方。逃犯起身就跑，吴一枪则抢先对天空鸣枪，警告对方"站住"！吴一枪心里明白，刚才自己打的那一枪，是枪里的最后一颗子弹。

这个犯罪团伙的小头目浑身一个战栗，随着吴一枪的喝令立即钉在林子间那片空地的中央，却并没有按吴一枪的命令把枪扔掉，而是发出一阵哈哈的大笑声。吴一枪心里一惊，看着歹徒慢慢地转过身来与他相对而视，并用手中的枪对准他。歹徒脸上挂着绝处逢生的笑容，声音沙哑地说："枪神，可惜你没子弹了……"

吴一枪不动声色，只是用枪精确地指向对方。别说只有二十米左右这么近的距离，凭手中这支用了几年的六四式手枪，只要在五十米以内任何点上，吴一枪都可以毫无悬念地撂倒对方。要不怎么是"吴一枪"呢！他是有名的神枪手，不仅在公安内部，就连罪犯们都称他"枪神"。谁要是与他遭遇，一般是不敢对射的。

吴一枪望着对方有些慌乱的眼神，轻声说："你很清楚，我们两人此时枪里都只剩最后一颗子弹……那么，让我们较量一下枪的准头吧！"

"嘿嘿嘿……不可能！我计算了你的子弹。你昨晚四次对天鸣枪，两次开枪打伤我的兄弟。刚才是你第七次鸣枪，也是你枪里的最后一颗子弹。嘿嘿嘿……没想到吧，枪神今天要死在我的手里啦……"歹徒虽然满脸狰狞，却流露出一丝令人难以察觉的心虚。这没有逃过吴一枪敏锐的眼神。

"是吗？那么，我们来数一二三开枪。"吴一枪轻松而镇定地说。他的右臂有力而笔直地举着，黑洞洞的 7.62 毫米枪口坚定地指向对方。

歹徒身子向后一倾，说："不可能！别骗人啦……你的枪里根本没有子弹……"

"放下武器！这是我最后一次警告你。否则，你，将是我职业生涯中第一个被现场击毙的罪犯！"吴一枪的脸上写满了自信，一字一顿清晰地说。

这一点几乎众所周知：因为百发百中，吴一枪追捕逃犯时一般只枪击对方的手腕、腿或其他并不致命的部位。这句话刚出口，吴一枪感到对方全身打了一个激灵。

歹徒紧盯着吴一枪，慢慢地抬起有些发抖的左手，双手握紧那支沾着泥草晨露的手枪，他似乎看到吴一枪眼里另一个人举枪的影子。

吴一枪纹丝不动，只是双眼匕首般刺向对方。此时，他把全身的力量都贯注在自己那双并不算大的眼睛上。作为一名经验丰富的公安，平时训练要"准"，实战则要"快"，这是一条铁律，必须出枪快、发射快。对射时，聚精会神，枪人合一。而这些对于吴一枪来说，是有过血的教训的。那次缉毒战，因为心里想着身后有记者，就想把枪打得漂亮一些，动作也潇洒一些，在甩手射中屋顶一名歹徒的小腿的同时，稍一迟疑，比右侧窗口的另一逃犯开枪晚了一瞬，对方枪响之后，一位老刑警为掩护他而中弹，扑倒在他的肩头……

"二……"声音洪亮、坚定而自信地穿透林间，一名警察与一个逃犯共同进行着一场你死我活的较量。

在以往的刑警生涯中，吴一枪曾遇到过各种情形，像今天这样还是头一次。他记住歹徒昨夜慌乱中开枪的次数，可以准确地断定对方枪中只剩最后一颗子弹，而自己却没了子弹。如此近的距离，就形成了一种空前的赌局，是赌就有赢有输，他赢得起，当然也输得起。没了后路的吴一枪特别地想把射击动作做得完美一些。上一次因为追求完美和动作漂亮让同事献出了生命，现在，他还是希望自己在歹徒面前能够完成一次真正意义上的完美绝唱……

吴一枪嘴角挂着微笑——就让这不易察觉的微笑永远留存在自己的脸上吧。同时，他注意到，对方枪口明显地虚晃了一下，额头浸出一层亮闪闪的白色，一粒汗珠清晰地从鬓角先慢后加速地滑过脸颊。

"三！"吴一枪在身后的一束阳光突然射向林子间空地的一刹那，斩钉截铁地大喝一声，就像刚才命令对方"站住"那样威严有力，声震长空。

"叭……"枪声清脆地回响在林间山谷。

　　歹徒匍匐向前，一头栽倒……

　　子弹一声呼啸从吴一枪的头顶飞过——在吴一枪发出"三"的同时，歹徒全身披着迎面而来的阳光，竟然再次打了一个激灵，拨动扳机后，子弹打飞了。

　　吴一枪迅速跃向对方，以迅雷不及掩耳之势反铐住对方的双手。令他吃惊的是，对方竟没有任何反应。用手枪拨过来歹徒那沾着草屑露水的脸，吴一枪才发现，歹徒已没了呼吸。

　　事后法医检查发现，歹徒因过度紧张造成大脑和心脏缺血，病变的心脏收缩得像石块一样坚硬，苦胆也迸裂了……

一只羊其实怎样

杨瑞霞

对于我来说，我的生命无意中为我存留了一些印迹，一些人或者事情，另外，还有一只羊。

在我七八岁的时候，家里有过一只羊，是一只绵羊。

它肯定是在很小的时候被买来的。可我完全不记得它小时候的样子。在我的印象里它是一只很大的羊。它健壮、肥硕、高傲、沉稳，一副成年人的模样。在我小的时候，我分不清一个人和一只羊有什么本质上的不同。我把它当成是家里的一口人，而且是一个大人。当时粮食很紧张，父亲42元钱的工资，养活全家6口人。在这种情况下，一只羊能长成那样的特例，除了一家人——当然包括羊在内的相濡以沫之外，似乎不可能再有别的什么解释了。

我家的这只羊，在我的思维定式尚未形成时走近了我，我没有那些现有的经验，所以我觉得它所有的作为都浑然天成，非常自然。

首先，它决不逆来顺受。当然，如果确实是它错了，它会沉默着听你教训，可是如果错的是你，是你无缘无故地欺负了它，它不会善罢甘休，用现在的话说，它是一定要讨个说法的。

记得有一次，我二哥牵着它去地里吃草，二哥当时的思维还沉浸在头天晚上看的电影《地雷战》里，他捡了一根棍子，又开腿对羊做了一个日本鬼子劈刺刀的动作，同时喊了一声"八格牙鲁"，他太轻视了一只羊有可能对这个动作做出的反应。绵羊当时发了一下怔，不知它头天晚上是不是也和二哥一起看了那场电影，反正它当即判断出了这个动作所具有的侮辱性，它把头一低，义无反顾地冲了上去。二哥见它来势凶猛，吓得转身就跑，它在后面奋起直追，一直追出三四里地。最后二哥向它举手投降，它才和二哥和好如初。还有一次，邻居家的小伙子在手心里放了很小的一点干粮渣，然后非常夸张地招呼它。它不想辜负别人的好意，走了过去。等它弄明白发生的事情，它选择了轻蔑地离开，在离开的过程中却又出乎意料地转身给了正在得意的那人一个教训，使他记住了捉弄一只羊会得到什么样的报应。同样它的行为也导致了围观者的一片大惊小怪。是呀，一只羊怎么可能有这么强的自尊心呢？怎么可能张扬自己的个性呢？

在一个风雪交加的夜晚，一向沉默的它突然放声大叫，低沉的声音表达着一种焦虑。父亲出门，一看原来大风吹开了院门，家里刚买的半大山羊跑出了院子。是大绵羊的警觉使家里避免了一笔不小的损失。所以你同样也没见过会看家的羊吧。另外还有它的聪明，它的聪明不但让幼时的我觉得非常神秘，即使到今天，我还感觉到几分诡异。

有天中午，我妈有事出去，把羊关进了羊栏，还在羊栏的出口处挡了一块菜板，把我关进了屋壁，然后锁上了院门。和羊单独相处的时候，我从不敢擅自到它跟前去，所以我一个下午没有出屋。后来大概羊和我一样等得不耐烦了，要不就是它想知道我在做什么，只听哐当一声，羊抵碎了菜板自己把自己放出来了。然后它直奔房门，用头一下下撞门。我知道它是过来找我了，我当时的反应是赶紧找个地方藏起来。于是我撩起床单，钻到了床下。过了一会儿，听不到撞门声，我从床下探出脑袋朝外张望，忽然看见大绵羊正把前腿搭在外面窗台上，抻着头朝屋里张望。可能是它的脸太长了，影响了视线，它竟然把头侧过去，用一只眼紧贴窗玻璃，所以它的姿势和表情看上去都格外的怪异。我在这只羊的窥视下绝望地哭了起来。

当初买这只羊，肯定是要养大后卖掉补贴家用的，可它的种种不同凡响，让它一次次拖延了离家的时间。然而一只羊的最后结局总难摆脱，那是它的宿命。而对于我来说，与它相处的经历，则是一种缘分。我想，如果有一天，我碰到一只羊，它非常体面地走过来，用流利的汉语或者英语同我打招呼，我会很自然地同它交谈，而且一点都不会觉得奇怪。因为在我很小的时候，我就已经知道了，一只羊其实是怎样的。

第 28 个春天的卡布奇诺

海 飞

　　28 岁的春天来临的时候，奇诺开始丢弃自己的一些东西。她待在一个人的屋子里，整理了旧鞋子、旧日记、旧衣服，以及旧的爱情。她把它们装进垃圾袋，全部处理掉。这时候她突然发现自己变得干净而简单。她站到窗台边，对着空气挤出一个笑容。她想，我要独身，我不要旧爱情，也不渴望新爱情。

　　28 岁的春天，奇诺喜欢跑到新梧桐咖啡馆，她热烈地爱上了那儿的纯正意大利口味的卡布奇诺。许多服务生都认识她，她在靠窗的位置坐下来，把目光抛向穿城而过的一条江的江面时，一杯温暖的卡布奇诺，顶着白色的泡沫出现在她的面前。这个春天奇诺还看到了一个久违的人，那是一个干净的男人，坐在另一张桌子边上，露出像小孩一样的笑容。奇诺也笑了，说，卡布，卡布。

　　男人也在喝着一杯卡布奇诺。男人叫卡布。卡布是奇诺的高中同学，后来两个人考上了不同的大学。卡布在高中时代曾经热烈地追逐着奇诺，死皮赖脸地像小流氓一样纠缠她。有一次，卡布制作了一只风筝，上面写着一个大大的"奇"字，在校园的操场上放飞。奇诺不喜欢这个卡布，因为她不喜欢流里流气，不喜欢打架的男孩子，也不喜欢放风筝这样的矫情把戏。奇诺有一天站在江边，对卡布说，你怎么就不拿江水当镜子，照一照自己。卡布洋溢着的笑容在瞬间淡去，他怔怔地看着奇诺远去的背影。

奇诺看到卡布站了起来，他竟然拄着拐杖，他的一条裤腿管，是空荡荡的，像一道填空题一样。卡布坐到了奇诺身边，说，久违了。奇诺也笑了，说，久违。奇诺想起去年同学会的时候，卡布没有来。同学们说，卡布住院了，好像病情有些严重。但是奇诺不敢想卡布的病，竟然会是丢掉一条腿。卡布还年轻，也只经历过28个春天。

卡布和奇诺的话并不多。卡布变得温文，不再像高中时代那般的愣头青。卡布望着奇诺笑，他轻声说，我曾经纠缠你，但是我现在不敢纠缠你了，因为我少了一条腿。卡布的笑容很纯正，但是笑容里仍然藏着一些邪邪的东西。奇诺也笑，说，我想独身了，我要让我自己简单。奇诺接着说，我，可以问你的病情吗？

春天弥漫着卡布奇诺的气息，或者说卡布奇诺弥漫着春天的气息。在这样的气息里，卡布说了一个故事。卡布毕业于警校，后来当上警察，再当卧底，再端掉一个贩毒集团，同时，失去了一条腿。卡布讲得很平缓，像是从远处流来的流水。奇诺听得很沉重，她很深地看了卡布一眼，突然觉得，生活想要简单也不一定能简单得了。

卡布和奇诺在咖啡馆分手。很淡的笑容，随意的一握手，好像友情同时占据了两个人的心灵。像水一样。

奇诺接到了姑妈的电话。姑妈说，我要给你介绍一个大款男朋友。奇诺笑了，说，我不需要大款，也不需要男朋友，我要独身。姑妈说，那你见一见这个人吧，我总得有个交代。明天，城市广场。

第二天，城市广场上，奇诺见到了大款，理着一个板寸头。奇诺笑了，说，大款。大款也笑了，说，奇诺。奇诺对大款的印象不坏，她陪大款在广场散步。这时候她看到了卡布，坐在轮椅上和一群孩子疯玩。奇诺望着卡布的笑脸，她看到了卡布高中时代的影子，那是有棱有角的青春。卡布的手里牵着一根线，一只风筝飞得比天还要高远。风筝上用行书写着一个大大的"诺"字，飘逸而俊秀。

奇诺和大款告别。奇诺说，我有男朋友了。大款说，你昨天为何不向你姑妈说明？奇诺笑了起来，说，刚才还没有，现在有了。她望了一眼不远处的卡布。大款的目光也望向了卡布，是他吗？大款说。奇诺点了点头。大款说，那是个警察，我认得他，他端了我亲兄弟的窝。奇诺淡淡地说，世界真小。大款说，我和我哥也早就断交，我们全家都不和他来往，所以，你别多心。我对那个幸福的警察，没有成见。奇诺仍然淡淡地说，你人不错。我和卡布，能不能请你喝杯咖啡？大款笑了。

在新梧桐咖啡馆，坐着幸福的警察，简单的奇诺，和板寸头的大款。奇诺举了一下杯子，对大款说，这是第28个春天的卡布奇诺。

家　属

邓一光

在西藏听了一个关于边防战士家属的故事。

是有关边防某团政治部主任黄白华的妻子的。边防某团驻守在察隅。那是麦克马洪线的一段，自然条件十分艰苦，交通极为不便。一条破旧的道路在极其危险的山间蜿蜒穿行，冬天大雪封山，天气转暖后又老是下雨，路其实是三天两头不能畅通的，即使是在正常情况下，也常有塌方、滑坡和泥石流一类的险情发生。这样的路，若放在内地，是没有人会去走的。

但那是通往察隅唯一的路，不管你是进察隅，还是从察隅出来，只要你不是鸟儿，就只能从那条路上通过。

黄白华驻守边境，已经好几年没有探过亲了。边境的官兵不能按照正常的探亲时间探亲，这对于他们来说是太普通的事，普通得没有什么话好说。黄白华就是这类不能正常探亲的官兵中的一个。不是他不想探亲，他想探，他想得要命，可就是探不成。有好几次部队批了他探亲假，他也准备动身了，连给妻子带的礼物——一窝驻地山上开着的小叶杜鹃都用察隅的泥土封好了根茎，装进网兜里了，可部队临时又有战备任务，不能走。

如是三番，黄白华的妻子就想，我们夫妻一场，不说朝夕相守，不说耳鬓厮磨，总得见见面吧？你不能回内地探亲，你要守着国家的边防线，那就我进去。我去看你，这总该行吧？

黄白华的妻子这么一想，就请了探亲假，收拾好东西，启程了。

在成都要买到飞往昌都的机票很难，一般情况得等一个多星期，如果遇到暑期探亲季节，十天半个月滞留在成都是常有的事。当然也可以走陆路，由道路险恶的川藏线进藏，那样的话，由成都到昌都，也得一个星期。

黄白华的妻子千辛万苦到了昌都，然后又等去察隅的车。好不容易上了去察隅的车，车颠颠簸簸地往察隅走，走一段路停一下，走一段停一下。黄白华的妻子抱着带给黄白华的家乡特产，被颠簸的车子不断地抛起来，又摔下去，五脏六腑都差点儿没颠出来。黄白华的妻子那一刻想流泪，不是为自己，是为丈夫和丈夫的同伴，她想他们真是太难了。她想起他总在电话里对自己笑着说，我喜欢察隅。他说喜欢是因为他已经适应了，那么，他和他的战友们要是到了氧气充足的内地呢？他们要是在内地的高速公路上行进呢？他们会不会就像一群鸟儿降落到地上来行走，反而会感到不适应？

车子终于彻底停下来了。不是到了察隅，是遇到了一场大风雪，路封住了，车子不能再往前开。

司机无可奈何地对黄白华的妻子说："嫂子，不是我不送你。路再险，道再难，四个车轮子我管着，死我也送你进察隅，可老天爷的事，我一点办法也没有，我没法把车开上雪山。咱们还是回昌都吧，你和我大哥在电话里商量商量，明年再约个好时候进来。"

黄白华的妻子把额头上的乱发理了理，拉开车窗，看了看眼前的雪山。

雪山美极了。

黄白华的妻子转过头来问："翻过这座雪山要多长时间？"司机回答："八公里山路，要是壮小伙，睡足了觉，带上酒和肉干，不遇到雪崩什么的，顺利的话，五六个小时吧。"

黄白华的妻子说："谢谢你了兄弟，你请回吧，我就在这儿下车，我自己往前走。"

司机大惊道："那怎么行？你还要不要命了？"黄白华的妻子微微地笑了笑，平静地说："怎么不要命？我是来看他的，不要命我怎么进去看他呢？"司机怎么拦也拦不住，一旁有个探亲返队的战士见状说："嫂子，我本来打算等等，等路好走了再说。你一定要进去，我陪你。"

他们开始走了，往雪山那一头的察隅走。

她背着带给丈夫的东西，战士背着自己的东西，在雪地里一脚浅一脚深地走。

然后她背着带给丈夫的东西，战士背着他自己的东西，再搀扶着她，在雪地里踉踉跄跄地走。然后战士背着他们两个人带着的东西，再拖着她，在雪地上一寸复一寸地挪动。

他们走了足足十个小时，也许时间更长，谁知道呢？反正他们用光了所有的力气，已经走不动，几乎就要躺在雪里了，并且永远不再起来，但他们终于走到了。

黄白华接到消息，说他的妻子冒着大雪进来了，不顾一切地进来了。黄白华丢下手上的事没命地朝雪山跑去。他看见了他们，看见他的妻子和那个可爱的战士，他们在雪山脚下，是两个慢慢蠕动着的小黑点。他咧开嘴傻笑着，揩一把头上的汗，撩起两脚的雪粉朝他们奔去。

他跑近了。

他站住了。

他像一个真正的傻瓜站在那里——那肯定是他的妻子。她一身雪粉，仰着乌紫色的脸，两只手探索着，远远地伸向前方，明亮的眼睛呆滞着，大口大口地喘着气——她害上了雪盲，什么也看不见了！

他叫她。她听见了他的声音。她能分辨出他的喘息声来。她朝他伸出手去，她也叫他。黄白华扑上来，紧紧地、紧紧地搂住了妻子。

那个汉子，就那么站在雪山脚下，呜呜地哭出声来了。

我是两年后听到这个故事的。给我讲这个故事的人还给我讲了在这个故事里发生的另外一件事，这件事是关于那个战士的。

那个战士没有害雪盲，他在察隅当了两年兵，锻炼出来了，但他因为一直搀扶着黄白华的妻子，他用他的身子支撑着她，他甚至把她在雪地里一步一步地拖着走，他向着阳光那一边的脸被紫外线严重地灼伤了，成了黑色。

讲这个故事的人告诉我，一年之后，有人看见了那个战士，他不知在和身边的战友说着什么事情，在那里呵呵地笑着，他的那张英俊的脸仍然是阴阳分明着。

雪山很美，所有见过雪山的人都这么说。

幻　想

袁炳发

傍晚，快下班时，我接到同城好友阿木的电话。

阿木问我，炳兄，今晚没事吧？

我回答说，没事。

阿木就说，我外地来了个女同学，帮我捧捧场子。

我打趣说，来女同学，这个场应该让让你老婆去捧呀！

阿木听后说，别闹了，这个场我老婆不能到，就得你捧。

我问，有这么重要吗？

阿木说，很重要。这个女同学，是我初恋。

无非是让我在酒桌上多夸他几句，让女同学感觉到这辈子没嫁给他有多遗憾吧。我心里想着，嘴上便答应了。

下了班，我直奔约定的酒店。阿木和他的女同学已经坐在包间了。

阿木起身给我介绍，这是我中学同学陈慧玲。

又把我介绍给他女同学，炳兄，中国著名小小说作家，位居一百名的最后一名。

陈慧玲听了，呵呵地笑了起来。

我打量着陈慧玲，个子不高、披发、微胖，一脸淡妆很白净，笑时脸上浮着两个小酒窝。

四道菜上桌后，我们开始喝酒。

我和陈慧玲喝啤酒。阿木自己要了一壶用鹿鞭、蛇胆、枸杞子泡的散白酒。

阿木把嘴贴到我的耳边，小声简洁地说了一句，这酒对男人好。

我们喝着酒，阿木和他的女同学陈慧玲谈着他们班的同学谁谁都干什么。

我不便插话，自顾喝酒。陈慧玲半瓶酒没喝完时，我两瓶快喝没了。快喝没了也没关系，我竟然在此时毫无素质地打了两个酒嗝儿，这让阿木有些不愉快。

阿木在桌下用脚踢了我一下，我看他一眼，没明白阿木踢我是咋回事。

阿木见我没明白，显得挺尴尬，看了一眼陈慧玲，又看了一眼我，说，这是咋了？啤酒明天要涨价了？

我说，是吗？没听说。

陈慧玲又呵呵地笑起来。

看着陈慧玲的两个酒窝，我恍然大悟，阿木刚才那话，是带着批判意味的。

差点忘了，阿木让我来这场合，可不是来喝酒的！

我给陈慧玲敬了一杯啤酒，说，阿木现在在他们出版社是编辑小组的组长，如果平时喝酒不贪杯耍酒疯，凭他的才华，早当上社长了。

话还没完，阿木在桌下又踢了我一脚。

这场合，哪能说实话呢？我立马会意，继续说，年底他们社长退休，据小道消息，社长一退，阿木就由小组长一下升到社长的位置上了。

阿木又踢我一脚，这一脚踢得有点不明不白。

阿木自己说话了，这社长退休的事，你咋都知道了？炳兄啊，你还真是幽默，我明明是一编室主任，在你嘴里就成了小组长了。

见场面有点尴尬，阿木又说，咱们说这些干吗？什么社长主任的，俗。换个话题，谈谈爱情。

我应和着说，对，谈谈爱情。

阿木一下来了兴致，撸了下胳膊说，炳兄，你不知道吧？慧玲是我的初恋。

我说，知道，电话里你不是说了嘛。

阿木又给了我一脚，接着说，那时，我们全班女同学，我谁都没看上，就喜欢慧玲。我们两家离得远，每天上学我都去她家巷子口那儿等她，用自行车带她去上学。黄河路那坡你知道不？每天骑到那儿，慧玲就想下来自己走，我说不要，你只管搂着我的腰，我可以蹬上去。你别说，慧玲那双手一搂上我的腰，我就能一口气蹬上去。

阿木又要了一壶散白，意犹未尽地说，上了坡，我就双手大撒把。身后慧玲害怕，就搂得更紧了。慧玲，你还记得不，有一天下晚自习，我送你到家门口时，在你家红砖墙下，我还亲了你一口。

陈慧玲听后未置可否，一脸微笑地看着阿木。

阿木又吱地喝了一口，放下酒杯说，后来，在我18岁那年，由于和父亲赌气，不上学了，去了一个工地打工。半年后，我回到学校找慧玲时，同学们告诉我，慧玲全家搬走了。

我评点说，遗憾！

阿木说，可不，真是遗憾！

说完，阿木说他去趟洗手间。

酒桌上就剩下了我和陈慧玲。我看着陈慧玲说，此事古难全。

陈慧玲笑了笑说，炳兄，别听阿木瞎掰，他那是幻想。

我愣了一下，什么？幻想？

陈慧玲再次肯定地说，没错，是幻想。

这时，阿木从洗手间回来了，他看着我和陈慧玲问，我走这会儿，你们俩都说什么了？

我说，幻想。

阿木不解地问，什么幻想？

我看着阿木，看着看着就突然哈哈大笑起来。

陈慧玲也呵呵地笑着。

有趣的是，阿木竟也跟着我们笑起来。

械斗即将开始

江 岸

仿佛雨后春笋一夜之间密布竹林，黄泥湾突然人满为患。也不知从哪里冒出来那么多新鲜的面孔。这些人统统都是男人，有的村人熟悉，大多不熟悉，看得多了，发现这些熟悉的人中，一部分姓吕，一部分姓罗。

姓吕的往吕大嘴家走去；

姓罗的进了罗秃子的院子。

一村人都很兴奋，地里的活儿放下了，也不打老婆了，也不骂孩子了，有事儿没事儿都在村道上蹿，这下有好戏看了。

姓吕的姓罗的两姓的人还不断往村里赶，加上村里看热闹的人，村道上的人便空前多了起来。

从清晨第一个姓吕的进村，到傍晚最后一个姓罗的进村，村子里静得出奇，什么热闹也没有。

怎么会这样呢？

早就应该卡着腰恶毒地开骂了，早就应该憋不住挥舞着锄头铁锹大干一场了，早就应该有人哭有人叫有人流血了……

他们还在等什么呢？

村人都知道，吕大嘴和罗秃子都不是善茬，都是村人痛恨而无能为力的那种人。只要任何事情和他们沾边，他们不占个上风决不善罢甘休。所以碰到他们，只好自认倒霉，偃旗息鼓，夹着尾巴逃开。真是老天有眼，这两个平时称兄道弟的家伙竟然翻脸了。一个对一个，他们棋逢对手；一家对一家，他们旗鼓相当。吕大嘴不断擦拭着嘴角流出的罗秃子婆娘撕裂出来的血迹，匆匆出村了。他前脚刚走，罗秃子也捂着秃顶上吕大嘴婆娘抓挠出来的几道血沟后脚出了村。第二天，两家户族的人都陆续抵达了黄泥湾。到傍晚的时候，来的人已经稀少，主力部队基本集结完毕。

他们到底还在等什么，还有什么好等的呢？

沉默啊沉默，总不能一直沉默吧？姓吕的杂种，姓罗的兔孙，怎么能这样没有血性呢？没听过电视里怎么唱吗，该出手时就出手，风风火火闯九州；没听过英雄豪杰怎么说嘛，脑袋掉了碗大个疤，二十年后又是一条好汉！

黄泥湾仿佛从来没有这样静过，静得让人焦躁。性急的人们大都已经委顿，满脸兴奋的红潮早已褪尽，代之以颓丧的灰暗焦黄，很多人扯着老婆孩子回家了，只有少数忠于职守的人还在村庄悄悄掩映的暮色里守候，在前沿阵地做一场战争忠实的见证人。

终于有好奇的人扒着窗户往里看，吕家的人在抽烟，吐痰，喝茶，聊天，打牌；罗家的人也在抽烟，吐痰，喝茶，聊天，打牌。怎么没有人义愤填膺呢，怎么没有人磨刀霍霍呢，怎么没有人摩拳擦掌呢，怎么都是一屋子的孬种呢。

呸，呸呸，不值得熬眼，回家搂老婆睡觉去。

王八蛋，瞎耽误爷爷一天工夫。

最后一拨人也终于失去耐心，骂骂咧咧地走了。

吕家的灯亮了一夜；

罗家的灯也亮了一夜。

一个平平安安的夜晚竟然就这么平淡如水地过去了。

第二天上午，一辆红色轿车驶到吕大嘴家门口停住了，下来一个气宇轩昂的帅小伙，进了吕家的院子。

眼尖的人看出来了，那是吕大嘴的二公子吕悦，读了大学法律系，是市里有名的律师。吕悦进门不久，吕家的本家三三两两走出院子，离开了黄泥湾。吕悦和他爹吕大嘴客客气气地把他们送出院门，送走一拨又一拨。

吕家的营盘空了，村人明白了，吕家要文斗不要武斗，可能要打官司了。有这样现成的一个优秀律师，还不是胜券在握？

人们无端地替罗秃子担心起来。

看来，这次罗秃子输定了。

中午时分，村口响起汽车转弯鸣笛的声音，罗姓的人纷纷走出院子，站满了村道。吕大嘴的院门也打开了，吕悦大步跨了出来。

一辆黑色轿车停在了罗家门口。车门一打开，车里的人还没有露头，吕悦一个箭步就冲了上去，罗姓几个小伙子急了，赶紧朝吕悦扑去。

吕悦紧紧抓住了车里人的手，摇。

车里的人也紧紧抓住吕悦的手，摇。

两个人一起摇着，把车里的人摇了出来，露出一个油光水滑的秃脑门。人们都认出来了，这不是罗秃子的儿子罗大庆又是谁呢？罗大庆大学毕业后在南方打工，现在自己当老板了。

好了，这下两家势均力敌了。人们不由自主地松了一口气。

大庆哥，多少年不见了。吕悦说。

小悦，你还是老样子，没变，不像哥哥我，老了。罗大庆说。怎样，咱哥儿俩喝一杯？

好啊，走，到镇上去吧，看家里这情况，不是喝酒的气氛啊。

行，我去开车。

还开什么车，上来吧。

吕悦上了罗大庆的奥迪。罗大庆打着火，开始倒车。一圈子人东躲西藏地给汽车腾地方，人群乱成了一锅粥。吕大嘴跑出来了，罗秃子也跑出来了。

吕大嘴问吕悦，你干什么去？

吕悦爽朗地笑着说，我和罗大哥谈判去啊。

罗大庆也冲爹挥挥手，高声武气地说，爹，你让亲戚们赶紧吃了饭回家吧，咱家的事儿您就交给我了，看我怎么收拾小悦这臭小子。别看他是律师，我也不怕他，保证不吃亏。

哈哈哈……车里笑声响成一片。

所有的人都愣了，目瞪口呆。汽车驶出村口了，这些人还傻了一样待在原地不挪窝。

一张火车票

秦　俑

1

春节前夕，我四叔请了一天假，特意起了个大早，他要赶早班车去火车站排队买票。

四叔走后，四婶的心就没再安定过。她心不在焉地吃早餐，进车间；中午到工厂食堂草草吃完饭，然后又进了车间……整整一天，她像一个魂不守舍的机器人，话都没有说几句。下班后，她急急慌慌赶回小出租屋里，四叔还没有回来。

那是1997年的广州，冬天的空气中蕴含着一丝寒意。

过了晚饭时间，四叔坐公交车回来了。"票买到了吗？"看到四叔一脸疲惫地点着头，四婶的心才算是落了地。

"不过，两张票不在同一车次。你先一天走，我后一天走。"四叔说话总是细声细语。

"能回家就好。"四婶说，"都两年没回去了，明堂都快上小学了。"

明堂是四叔四婶唯一的儿子，那一年他六岁。

2

时间仿佛拉长了，变慢了。

工厂放了假，工友们陆陆续续地离开，带着一年的欣喜与忧伤。

四叔送四婶去火车站。四婶一个人先走，四叔显然不放心。

"你的票是有座的，这一小包行李你带着。我是站票，到时看能找地方蹲着不……"

"银行卡放在你大衣内袋里，下了车站，外面就是银行……"

"在车上要注意安全，别挤着踩着，睡觉别睡太沉了……"

"上车下车包要拿好，水和方便面放到手提袋里，拿出放进都方便……"

四叔不停地一遍一遍地叮咛着。

"一会儿没公交车了，你赶紧回厂里吧。"四婶催四叔回去。

"12个小时就到了，到站时间是明早8点，可千万别睡过头……"

"出站后不用等我，取了钱就回家，老人小孩都等着呢，我明天到火车站给家里打电话……"

3

第二天下午，四叔往家里打了好几通电话。

四婶下午三点才到家，火车整整晚点四个小时。

"安全到家就好……家里冷不……明堂又长高了吧……"

"冷，冷得我直哆嗦。明堂长高了，都到我肩膀了。"四婶问，"你这么早到车站了吗？"

"我……回不去了……到大年初一，你替我在我娘跟前磕个头……"四叔声音越说越小。

"什么？你什么意思？"

"排了一天队，票早没了，连站票都没了。你的票，是我花高价找'黄牛'要到的……"四叔低声解释着，"我怕你不愿意一个人回去……我知道你很想回家……"

四叔以为四婶会对他破口大骂，结果四婶没有骂，却在电话里"哇"的一声哭开了。

4

第二段故事，发生在今年北京的冬天。

半个月前，明堂来找我，说他今年不回家过年了，他和同学要结伴去泰国，让我回家时给他爸妈捎点儿东西。

明堂是我四叔四婶的独子，大学毕业两年了，和我在一个城市上班。

我说："不要光顾着玩，春节还是要回家陪陪你爸爸妈妈，四叔四婶一定也盼着你回去……"

明堂打断我的话："哥，我知道的，我都跟我妈讲了，今年春节回家的车票确实不好买，我在网上抢票，没抢到……而且，我们已经订好了去泰国的廉价机票，不能改签退票……"

"再说了，过完春节再回家不是一样，难道非得赶这个点？"明堂见我没回他，又自我解嘲地说，"今年春节不回家，我这是给国家的春运工作做贡献……"

5

前几天，明堂又来找我了。明堂说，他去不成泰国了，他得回家，东西就不麻烦我捎了。

我笑着问他："怎么这么快就想通了？"

"不是我想通了，我爸都将回家的往返车票给我订好了，我能不回去吗？"明堂脸露不悦。

"四叔也会上网订票了？"我假装奇怪地问。

"谁知道他们怎么搞到的。我妈说，为了上网抢票，我爸在网吧里守了好几天。"明堂赌气地说，"真不懂他们怎么回事，我不回去，他们这年就没法过了似的！"

然后，我就给明堂讲了四叔四婶二十年前的那段故事——一周前，四叔打电话央我教他怎么在网上订票，说了很多话，还给我讲了这段故事。我觉得，我有义务也讲给明堂听听。

听完故事，我看到明堂的脸色慢慢地缓和下来了。

6

这就是我要讲的春运故事。

我是一个讲故事的人。不管是讲别人的故事，还是讲自己的故事，我本来都应该活在故事之外。但是，我发现，可能年纪越大，心越发地软了，我总是试图将故事讲得美好一点。

故事讲完了，你也许会问，明堂春节到底会不会回家？

我只能告诉你，在我的故事里，明堂回家了。

花匠老丁

安 勇

老丁原来是一位卡车司机，整天开着汽车从南跑到北、从东跑到西的，总也没有闲着的时候。老丁爱开玩笑，收了车，一进家门就冲着老伴儿嚷，老太婆，把车洗洗，晚上我要开。老伴儿撇撇嘴，不搭理他，晚上躺在床上还故意给老丁一个后背。老丁一把将老伴儿扳过来说，我就不信了，大卡车我都能摆弄，还开不了你这台小吉普了？

2000年春天，老丁到南方拉了一次货，回来后双腿就没了。

那天，老丁从医院的病床上睁开眼睛后，先看见了老伴儿和女儿的四只红眼圈儿，开始还有点儿纳闷儿，手向下一伸，就摸到了两只空荡荡的裤管。老丁就又把眼睛闭上了。再睁开时，老丁笑了，说了一句话，老丁说，老太婆，从今往后，你再也不用给我花钱买鞋了。

那一年，老丁其实并不老，刚刚五十岁。

老丁没了双腿，不可能再到单位上班了，单位给了他一笔工伤补偿。从医院出来，老丁就办了病退手续。

回到家里的老丁开始让老伴儿很担心，他一连几天都靠在窗台边，眼睛呆呆地看着窗外。老伴儿就琢磨，这老丁是不是要跳楼啊！老伴儿就有事没事地跟他说话。老丁明白了她的意思，说，老太婆，就算想跳楼，我也不能从这儿跳啊，咱们家住的是一楼呀！

几天后，老丁就摇着轮椅出了门，费了好大的劲终于来到了窗底下的那块空地上。那块空地无人料理，长满了荒草。老丁看了一会儿，就开始拔草。从这天起，老丁正式开始了他的花匠生涯。几年后，老丁就拥有了他自己的一座花园。

老丁的花园南北宽五米，东西长十米。所以从规模上看，老伴儿认为应该叫花圃更准确。但她每次叫花圃，老丁都会冲她瞪眼睛，瞪得她浑身长了刺似的不自在。在老丁锐利的目光威胁下，老伴儿最后也放弃了原则，认可了"花园"的说法。

这些都是后话了，我还是接着说老丁建花园的过程吧。

老丁拔了半天草后，就发现他急需一条供轮椅行走的甬道。那块空地是土地面，轮椅一压上去，就很难再移动了。老丁用了一下午的时间，丈量了尺寸，又在晚上做了计算。他计划用砖做材料，建造纵横交叉的两条甬道。一条十米长，另一条五米长。老丁计算的结果是，他需要390块砖。

老丁先花了三天时间，用三块木板和四只轴承做了个简易的小车，拿一根绳子系在他的轮椅后面，就胸有成竹地上街了。老伴儿想帮帮忙，被老丁摆摆手赶回了家里。

一块砖五斤重，老丁一次运十块，五十斤。卖砖的地方离得不远，老丁每天往返三次。十三天后，终于把所有的砖都运到了那块空地上。

接下来，老丁遇到了一个难题，怎么把砖变成道路让他有点儿头痛。后来，他从砖厂搬砖的砖夹子上受到了启发，自己改装了一个加长的工具。然后他又制作了一个加长的橡胶锤子，砖放下后，用锤子敲几下，砖就老老实实地待着不动了。

老丁用了5天的时间，终于铺好了两条甬道。用橡胶锤又在每块砖上敲了一遍后，就扯着嗓子喊老伴儿。老伴儿以为老丁出了啥事了呢，着急慌忙地跑出来。老丁说，老太婆，现在是某年某月某日几点几分，我宣布，花园的甬道正式通车了。说完，老丁就摇着轮椅从南到北走一次，又把车倒回来，从东往西走了一次。老伴儿看一眼老丁，背过身去，眼泪就哗哗地下来了。

甬道建好后，老丁把镰刀头固定在一根竹竿上，做成了一个除草工具。几天后，老丁把空地上的荒草全部除净了。老丁又改装了一个松土工具，把整个园子里的土都松了一遍。秋天的时候，老丁摇着轮椅，又兴致勃勃地上街买花籽儿去了。

第二天，老丁很仔细地把花籽儿撒进了土地里。从那以后，他就把整个心思都用在了花园里，施肥、浇水、捉虫子，忙个不停。十几天后，第一颗小芽从土里钻了出来。又过了两天，园子里就有了一片希望的绿色。

老丁的花长势不错，挺起花茎，舒展开叶片，都争先恐后地长高了。不久，花茎的顶端就都冒出了一个让人浮想联翩的花骨朵。又过了几天，花骨朵们越来越大，像一张张含着笑容的小嘴巴似的，要开口说话了。老丁郑重地对老伴儿宣布，我已经看到花骨朵里面的花蕊了，用不了几天，它们就会全部开放。

老丁的花种得有些晚了，他说完这句话的第二天，突然下了场秋霜。早晨，老丁看到，满园子的花们都垂下了脑袋，冻死了，站在他身后的老伴儿就有些替他担心。老丁摇着轮椅，从南走到北，又从东走到西，最后在花园的角落里停住了，指着花丛像个孩子似的喊，老太婆，你快看，还有一朵花没死呢！

老伴儿果然看到了一个很小的花骨朵，可能是因为它太矮了，没机会沾到秋霜，现在别的花都垂下了脑袋，就把它露了出来。老丁和老伴儿一起，给这朵花骨朵蒙了个塑料袋子。

三天后，这朵花终于开了。那花是粉红色的，很小，也不太美，一副胆战心惊的样子。它可能没有想到，自己是老丁的花园里开出的第一朵花。

百羊川

赵文辉

在豫北乡下走一走，要不就是黄土丘，要不就是尖山洼，平原总是被村庄阻隔，辽阔不起来。黄土丘蹚过，除了绕脚的灰土和地头几棵狗尾巴花，再没有什么让你注目的地方。"呸，亏你还是吃小米饭长大的！茄庄百羊川知道不知道？长贡米的，皇帝老儿吃的！"弓身如虾、眼角挂着眵目糊的老人很不满，把轻视豫北乡下的后生训得一溜跟头："大碾萝卜香菜葱，茄庄小米进北京！知道不知道？"

百羊川坐落在茄庄屁股后面的山坡上，别以为真能容得百只羊撒欢，豫北不好找策马扬鞭的场地，更别说在山上。百羊川才一亩几分地，居然平平坦坦，就像山水画上摁下一枚印章。这可是块好印章，茄庄的坡地靠天收，没有机井，山又是旱山，一秋不下雨，坡上还真的收不了几把米。唯有百羊川旱涝保收，越旱小米越香！老辈人迷信说百羊川是神田，其实是这块田占对了山脉，下面一定是一根水脉，因水质特别，加上土是黑红黑红的胶土，长出的谷穗又肥又实，碾出的小米喷香喷香，黏度好。明朝年间潞王落魄于此，一尝便不再忘，居然餐餐不离茄庄小米，并且年年让茄庄上贡小米。茄庄又修了一座望京楼天天眺望，以表忠心。这不过是一段野史，无从考证，倒是当年从豫北走出去的那位副部长，因为爱吃茄庄小米，差点要把百羊川的主人提拔成公社书记，却是千真万确。

这主人就是水伯。水伯的祖上就有过要被提拔的经历，说是提一个县令，祖上没去，依然布衣老农，守了下来，就一直守到了水伯这一辈。水伯不稀罕什么公社书记，他只稀罕百羊川的秋天，风吹嫩绿一片，最后变成满坡金黄。农闲的水伯在屋前屋后堆积草粪，坑是上辈人挖好的，水伯只管把青草、树叶、秸秆一股脑儿填下去，再压上土浇上大粪，沤成肥壮肥壮的松软的草粪，一担一担挑上百羊川。要不就是去拾粪，跟在牲口后面，牲口一撅屁股，便抢宝一样撵上去。水伯从祖上接下这个活儿，一直干到了现在。茄庄的大人小孩都知道，百羊川的小米一直到今天还这么好吃，都是沾了草粪的光。

水伯家的小米每年秋后都有人开着小车来买，买的人多，米少，买主常常为此吵嘴。后来干脆提前下订金，再后来就比价，比来比去，一斤小米比别人家的竟高出几倍。水伯的儿子受人指点把"茄庄小米"注册了，进城开起了门市部，兼卖一些土特产。几年之后在城里置了房，又要接水伯去。水伯确实老了，锄头也不听使唤了，好几次把谷苗当成稗子锄起来。儿子要留下来照看百羊川，水伯不放心，进城前一再关照："山后的草肥，多割点儿沤粪。这几年村里掀房的多，给人家拿盒烟说说好话，老屋土咱都要了，秋后翻地撒进去，'老屋的土，地里的虎'，百羊川离不开这些！"千叮咛万嘱咐，水伯才离开了茄庄。

儿子却不老老实实在茄庄侍弄谷子，三天两头往城里来。

水伯很不放心，问："你来了，谁看着百羊川？"儿子说："雇了村里的光棍儿老面，老面多老实，叫给地上十车粪保证不会差一锨，老面又是种地的老把式，爹你还有啥不放心的？"水伯信了儿子的话，不再追问。再说水伯腿脚也真不中用了，下楼都要人搀着。有时想回去看看百羊川，一想自己的腿脚，也就罢了。

这一天，楼下忽然响起一声吆喝："茄庄小米！谁要？"

水伯的心一阵痒痒，他知道又是冒牌货。但他知道这冒充的一定是茄庄一带的，他想去揭穿那人，又不忍让那人太难堪。家里没有其他人，水伯就强撑着下了楼，问卖小米的："哪儿的小米？"

"哪儿的？还用问？百羊川的！"

水伯笑了，说："别说瞎话了，我是百羊川的水伯！"几个正买小米的妇女一听，扔下装好的小米走了。卖小米的很恼火，瞪水伯："你百羊川的咋了？还不跟我的小米一个样，都是化肥喂出来的？"水伯还是笑着说："你可不能瞎说，百羊川的小米，没喂过一粒化肥。"卖小米的收拾好东西推着车往外走："哼，百羊川才一亩几分地能产多少小米？撑死不过一千多斤！你儿子一年卖十几万斤茄庄小米，莫非你百羊川人能屙小米？把陈小米用碱搓搓，又上色又出味，哄死人不赔命。哼！"

想再问，卖小米的已走远，水伯愣在那里。

水伯一人搭乘中巴回到茄庄，见人就问："我儿子真的在卖假小米？"被问的人都摇头。水伯明白了，跟跟跄跄爬上百羊川。正是初冬，翻耕过的百羊川蒙了一层细霜，一小撮一小撮麦苗拱出来。麦垄上横着几只白色化肥包，阳光一照，泛出刺眼的光，直逼水伯。水伯嗓子里一阵发腥，哇的一口，一片鲜红喷向了初冬的百羊川。水伯扑通一下倒了下去。这时，除了一只山兔远远地窥视着水伯，初冬的山坡再无半个人影。

百羊川静极了。

三　叔

芦芙荭

　　这个冬天，三叔的心情特别好。他像一尾青鱼在村子里游来游去。他豁着一颗门牙，笑起来就更显出十二分的得意。

　　"家旺……哼！"他总是这样说。

　　家旺是我们村的村主任。三叔是龙，家旺是虎。龙与虎在我们村里争争斗斗了几十年。村里就村主任这个位子令人"觊觎"，他们谁都觉得自己在这个位子上更合适。三叔自从被家旺赶下台，他便一直在寻找着打败家旺的机会。按三叔的意思，家旺在这个冬天，必将走上他生命的穷途末路，败在自己的手下。

　　这天中午，三叔在村里转了一圈，又回到了他的养鸡场。他昂首挺胸地站在一群母鸡中间，手里握着拳头大一枚鸡蛋。这是一只母鸡给他创下的奇迹，他感到这个奇迹会给他带来一种好兆头。因此，每当太阳出来时，他总会眯缝着眼，对着太阳举起那枚鸡蛋。他一直想弄清这个鸡蛋是双黄蛋还是单黄蛋。

　　他就这么看着。

　　后来，他听见母鸡们在叫，他抬头一看，二皮子的头像一颗硕大的鸡蛋，正从门外朝里张望。

二皮子告诉他，村主任家旺出事了，家旺的儿子将他那辆大客车开到悬崖下面去了，一同下去的还有一车人。

三叔的脸上抽出一丝笑。随即，那枚鸡蛋从三叔手上脱落了，砰出一片金黄。

三叔是在两天后去医院看望家旺的儿子的。三叔带去了一份厚重的礼物，也带去了一份凌人的盛气。两人斗了几十年，三叔知道家旺是轻易斗不败的。但这次，三叔见到家旺时，家旺却软得像一片树叶。儿子的伤并不重，但家旺的精神和他那多年苦心经营的家当却随着那大客车一起翻进了沟底。因此，他见到三叔时，自己先矮下去三分。三叔站在家旺面前，仿佛是一个好斗的拳击手突然失去了对手那样失落。

在以后的漫漫冬季里，家旺再也打不起精神。三叔似乎受了感染，也一直打不起精神。他从心底里希望家旺突然有一天能振作起来，像以前那样和他斗一斗，但他一直等到春天来临，家旺像一条死鱼一样连一个小浪花也没翻起。

三叔终于耐不住了。他在春天接近尾声时来找家旺。他对家旺说出了思考已久的想法：他准备借给家旺一笔钱，让他重新买客车跑运输。家旺没有想到三叔会这样大度，他感激得差点儿给三叔跪下。看着家旺那个样子，三叔叹了口气，他心里明白，他之所以这样做，只有一个希望：希望家旺能重新振作起来，像以前那样和他斗一斗，那样活着才有意思。

修车老汉

韦 名

桥下的修车老汉死了。听说死得很惨，在桥上被汽车撞得血肉模糊。

一个卑微生命的离去，就像天空中的流星一闪即逝，再平常不过。只是又一次骑车过桥，轮胎破了，烈日下推车，在桥下找不到修车的，才记起曾经有这么一个人。

在这个城市里骑车上下班，常常会遭遇一些尴尬：早上准备骑车出门，发现车子丢了；火急火燎担心上班迟到猛踩脚踏板，轮胎遭遇不测，扎上了钉子铁块，瘪了。

那天，我本来起床就晚，正匆匆赶路，骑行到桥上时，忽感脚下变重。下车一看，轮胎泄气了。

我有些沮丧，推着车子过桥。桥下不远处就是老汉的路边修车档：一个黑乎乎的塑料盆装着半盆黑乎乎的水；一个皱巴巴的蛇皮袋铺在地上，上面摆着剪刀、铁锤、钳子等工具；一个锈迹斑斑的铁皮月饼盒装着气芯、螺钉、垫片等细小物件；一个还算精神的打气筒直立在一边……这就是老汉修车档的全部。

一头白发的老汉正在给我前面一位女士补胎。不用说，又是一位中了招的主。

"赶紧帮补一下！"屋漏偏逢连阴雨，心想迟到了挨领导批是肯定的，前面那位推车一走，我就催促老汉。

"嗯！"老汉接过车，一双粗糙油污的手麻利地动起来。很快，老汉从前后轮胎各取出一个几乎一模一样的钉子。

"路上长钉了！"看到这两个钉子扎破了我的车胎，害我上班迟到，我气不打一处，拿话损老汉——报上常讲，有些人晚上在马路上撒钉子，白天在前面守株待兔修车补胎。

我怀疑老汉，边说边观察老汉的反应。

"嗯！"老汉听出我的话外音，抬了下头，应了一个不置可否的单音字后，低头继续干活儿。

老汉抬头瞬间，脸上风干了的皱纹格外显眼。

"现在的人，人心不古，见利忘义！"我心存怀疑，却又苦于没证据，还得求助于他，心里愤愤不平，继续用言语发泄愤怒，"卖棺材的恨不得亲自去杀人，开药店的巴不得全城投毒……"

"嗯！"老汉这回头没抬，手也没停，又是不置可否地应了个单音字。

心虚了吧？话都不敢接，就像抓了小偷现行，我一脸正义。

"好了，两块！"老汉停下手中的活儿，站了起来，拍了拍微微驼着的背，言简意赅。

苍白的头发，风干的皱纹，微驼的腰背，老汉站起来的那一瞬，我突然有心悸的感觉——这个老汉，特别像我乡下的父亲，苍老、能干，又有些狡黠。

但愿钉子不是你撒的，但愿善良在你那还有一丝尚存。看着这像父亲一样的老汉，我把到嘴边更恶毒的话咽了回去。

这是我第一次跟老汉打交道。

没多久，我再次中招光顾老汉的修车档。依旧是麻利的动作，依旧是"嗯"到底的言简意赅。

老汉修好车站起身捶捶腰。而我再次面对老汉苍白的头发、风干的皱纹、微驼的腰背，我不再有心悸的感觉，我更多相信我的判断，他就是撒钉子的人——我看到他的铁盒里有好多一模一样的钉子！

老汉在马路上撒钉子终于还是被我抓了现行。

那天要陪领导坐早班机出差，天刚蒙蒙亮，我就骑车出门去单位。

清晨一切都还睡意矇眬，路上车少人稀。上桥时，远远见到一个黑影和我相向而行。黑影在桥上走走停停，时而弯腰，时而直行，怎么看都不像正常赶路的。

一开始，我没怎么在意，或许是黑影落下什么东西，在桥上寻找。靠近了，从微驼的后背和苍白的头发，我认出黑影是修车老汉。

难道是趁着车少人稀，在马路上撒钉子？

"干吗？"修车老汉正好弯下腰，我大吼一声。

兴许太专注撒钉子了，老汉没注意到我已逼近，被吓住了。老汉直直站着没动，左手拿着两个估计来不及撒下去的钉子，右手有一团黑乎乎的东西。

"嗯！"老汉发现是我，顿时轻松了下来，"吓死了！"

苍白的头发，风干的皱纹，微驼的腰背，在晨曦中分外耀眼，我却没了心悸和怜悯，心里只有厌恶和憎恨！

"你怎么能这样？"粗话我骂不出口，但声音绝对够大。

"嗯！啊？"老汉还是言简意赅，只比刚才多了一个语气词。

赶路要紧，而且，面对像乡下父亲一样的老汉，怎么说他好呢？

出差回来好长一段时间，我的车子好久没中招了。也许老汉的丑事被我撞破，良心发现，不再撒钉子了，他的生意也似乎冷清起来，常常见他微驼着背站着朝桥上张望。

我每次都是呼啸而过，不停一分一秒。

有很长一段时间没见到老汉了，桥下的修车摊也不见了。直到有一天，我在晚报上看到一则报道：修车老汉数年如一日，用磁铁吸走撒在桥面用来扎自行车轮胎的钉子，不幸遭遇车祸……

怀揣着那份报纸和深深的歉意，我骑车出门，来到修车老汉昔日的修车档前，我仿佛又看到了他那苍白的头发、风干的皱纹和微驼的腰背。

我仿佛又看到了乡下的父亲。

王　学

杨小凡

　　在药都，人精就是活成了精的人，比一般的精明人不知要精明多少倍。据考，人精一词始于"二桥口粮坊"的学徒——王学。

　　王学从乡下到"二桥口粮坊"当学徒时才十二岁，瘦瘦的脸膛，倒像二十岁的人，说话一字一板，速度极慢，但中间的语音却紧紧地连着。贵人话语迟，这句话就是单用在他身上的。他手脚的抬动很稳很沉，有点上六十岁人的感觉，但反应的速度极快，你觉得他正要跪下时，头已磕在了地上。粮坊的陈掌柜见他时，看了他半个时辰，终于对管家说了一句话："留在我身边使唤吧。"

　　王学确是生来的精明灵巧，十二三岁的孩子比多年的老管家都令掌柜的满意：刚想喝茶，紫砂壶就送到了嘴上；刚想擦汗，毛巾就递到了手上，而且想要多热就是多热；刚想吸烟，着了火的水烟袋就托了上来；心里想要哪房太太，当晚哪房太太就会接到掌柜的另一副水烟袋……总之，只要掌柜的刚想，仅仅是刚想，王学就把事给办了。至于对客商的轻重冷热，掌柜的嘴巴歪歪，事情就刀光水滑地过去了。掌柜的常说，学这孩子的心就是跟我连在了一起。

这等人可以说学啥会啥，就是不学也能看会，二十岁上就已经能写会算了。这自然会派到大用场上去。进二桥口粮坊的第六年，陈掌柜把老管家给辞了，王学顶了上来。他管账后，无论陈掌柜啥时打开账本，往来结存都子丑寅卯一清二楚，一笔笔齐齐整整。他的手眼就是一张网，粮坊的事，只要是水，再急也流得过去，只要是鱼，哪怕是一丁点儿也休想流出。他的悟性特好，顺势应对见貌变色都有特长，他懂得了其他生意人一辈子也搞不懂的许多事；他的主意很多，眼眨一眨就有一个主意；他很精细，精细就成了他一丝一缕一分一秒都要反复权衡的事。粮坊的许多人都觉得王学应该做掌柜的，掌柜的对他也挺感激，月钱一加再加，比前任管家多出了三倍……

可五年后的一天，掌柜的要给王学一笔钱，要他离开二桥口粮坊，理由当然是冠冕堂皇了："学，你能单立门户了，一定比我做得还好。这笔钱你作个铺底吧。"王学扑通跪在地上："掌柜的，我没想过，我要在粮坊干一辈子。"掌柜的弯腰扶起他："你虽然心里这样想的，但你天生就是当掌柜的料，就这样定吧。"

一月后，二桥口又多了一家粮坊——"长兴粮坊"，掌柜的就是王学。王学的生意自然不错，几年后就成了药都前十名之内的大粮坊。又一个十年过去了，"长兴粮坊"的生意就眼看着一天一天的不行了。有人说，掌柜的王学会邪法；有人说，王学当着人的面用手劲可将粮食多量少量；也有人说，斗内放一褂子冲满米，取出褂子原米再冲米仍满；更有人传说，他冲米能使米粒竖立，斗内虚松，冲米十担能多出数斗。有的人不服，买过米到知州大堂，用公案上的签筒（每衙只有一筒，平时作州官的令剑筒，关键时作为官府为斗斛纠纷较斗之用）较量。王学当着州官的面竟把九成筒又冲成了尖筒。州官无奈。

又过了几年，"长兴粮坊"几乎没有了生意。王学就改开盐坊，可来的人更少，盐比粮贵得多，都觉得王学的盐坊有花活。

这一年的这一天，快五十岁的王学再次来到"二桥口粮坊"陈掌柜的榴花厅。当他叙说了自己的苦衷时，已近七十岁的陈掌柜沉了很长时间，然后一字一句地说："人到精明不精彩啊！你真的货真价实，别人会说你有更大的虚头，街面上都说你活成人精了。"

从榴花厅回到家之后，王学就一病不起了。床上，他反复想也不懂这个理：我王学一昼一夜都成功，为啥合起来这一生就不成功呢；我明明是一朝一夕都没吃亏，加起来咋就没有得到好处呢⋯⋯

据说，人精王学就是在絮絮叨叨中离开人世的。

第20个春天的卡布奇诺

秋 红

聂兰锋

"谁第一个举手，我就嫁给谁！"秋红的话才说了一半，秃子就高高地举起了手。挨着秃子的王二根又举了手，又有三十多名青壮年举了手。秋红的牙都痒，她睁圆了双眼，对着人群里的王二根大声骂："王二根你个窝囊废，这辈子你就输给秃子吧你，我这就搬到秃子家去，悔死你！"秋红气得跺脚，秃子心里美得像吃了蜜。

第二天，花儿一样的秋红就嫁给了秃子，才十七岁。第三天，秃子就吹着口哨参了军，去了前线，去打小日本儿，和王二根，和那三十多名举手的青壮年。

……

秋红是家里的第四个女娃，娘在秋天的玉米地里正劳作着就流了满地的血，然后生下她。有年纪的说好啊好啊这是红毡铺路，是福。爹却不咸不淡地说又养了个赔钱货。娘就赔着笑脸说女娃一样下湖种地。爹的旱烟锅子一磕，屁！干一个钱的活儿赔十个钱的本儿。

秋红就憋着一肚子气。憋着一肚子气长到十七岁的秋红，偏偏要脸蛋有脸蛋，要身段有身段，干起活来更是胜过男娃。

最撩人的是她的大眼睛，水汪汪的，会说话。下湖的路上，瞅了谁家的小伙子，谁家的玉米地一准被锄得寸草不剩，滑滑顺顺。顶数王二根家和秃子家的地最滑顺了。要说这秋红的目光对王二根还有点含情脉脉，对秃子则是不折不扣的"瞪"。王二根生得清秀是公认的好，但木讷。秃子人还算出挑，可他调皮、逆反，秋红也不讨厌他，但他是秃子。王二根有板有眼，秃子不讲规则；王二根辗转反侧睡不着盘算着明早给秋红家挑水了，秃子呢想也不用想，天擦黑就给人家挑满了缸。

其实嫁给谁并不是秋红心上的事儿。秋红的活道数第一，莫说女红，粗重的肩挑背扛、碓捣磨碾、样样拾得起放得下。虽人人夸赞，但秋红还是憋着一肚子气。秋红盼着干出个惊天动地的大事儿，证明自己彻底不是赔钱货。

那是抗日战争最紧的时候，前线的火药味已呛到了秋红的家乡，邻近的几个村庄已组织了队伍支前，秋红的村里还没动静。不是小伙子们怕死，他们怕再也见不着秋红的大眼睛。这可急坏了满脑子"大事儿"的秋红。于是，一个秋日的黄昏，秋红约了二根，两人草垛旁秘密商讨，秋红一脸严肃地说王二根，这事儿不像挑水那么简单，明天的参军动员大会，我话一出口你就第一个举手，千万不能让秃子抢先。王二根真诚地点点头：秋红你放心。秋红就把一枚穿了红丝线的铜钱套在二根脖子上。二根从兜里掏出一把酸枣在衣襟上擦了，挑一颗最红的送到秋红的嘴里。

既然第一个举手的是秃子，秋红就没有理由去回味酸枣的滋味。秋红只希望她亲手做的军鞋恰巧穿在了秃子脚上或是二根的脚上。夜是那样的长，睡不着秋红就想，想王二根的手咋举得那么慢？还睡不着秋红就想，秃子的手咋举得那么快？想不通。想来想去的日子就像沂蒙山一样绵延悠长，秋红硬是把日本鬼子给想跑了，也没想出个结果来。

抗美援朝战争结束的那年，农历的腊月二十三，是灶老爷"上天言好事"的日子。傍晚的农家已时断时续地响起了鞭炮声。秋红端着洗菜水向门口泼去，却泼出了一串"哈哈哈"的笑声："秋红，十年不见，你的见面礼真是解乏呀，我赶了一天的山路，这菜的清香味儿，闻着舒坦着哩……"拄着拐棍儿的秃子突然停止了说笑，因为他看见秋红丢了盆子正朝自己摸来。

……

被窝里，秋红讲着"眼睛的故事"：那次战役打得很吃力，到处都是受伤的八路军，我一连背了四名伤员藏到地瓜窖里，还想出去找点水，刚出窖子口，谁知"轰"的一声，就什么也看不见了……秃子说秋红你很勇敢，你的眼睛还是那么好看。秋红说仗都打到咱家门口了，还能等死呀？接着秃子开始讲"腿的故事"：我和王二根在一个连。打了一仗又一仗，许多战友都牺牲了。子弹飞向二根时，一枚铜钱救了二根；子弹飞向我时，二根就扑向我，我丢了一条腿，二根却丢了命。就让我的腿永远陪着二根吧，二根是真正的英雄。二根把铜钱给了我，他说是你给的，他还说你喜欢吃酸枣，然后就合了眼。

秋红听了，泪水就盈满了眼眶。秋红抚摸着铜钱，脑海里是那个秋日的黄昏，那遮挡秘密的草垛，那颗深情的酸枣……良久，秋红喃喃地像是自语：二根的手咋举得那么慢……

战场上也不曾流泪的秃子再也控制不住自己：秋红，是二根让我先举的手呀。秃子紧紧地搂住了秋红，呜呜地哭。

最后一碗黄

王琼华

这是我听来的一个故事。

他说，我爷爷是个染布的。在镇子西头，我爷爷十七岁那年刷刷地架起了好几口大染锅。我爷爷这吃饭手艺是"偷"来的。我爷爷从小喜欢跑进一家大染坊找老板的儿子斗蛐蛐。有时老板的儿子跟私塾先生念书，我爷爷只好蹲在一侧，两眼愣愣盯着那热气腾腾的大染锅。我爷爷蹲着看染布时，嘴巴一直在嚼动。我爷爷过一会儿就从兜里摸出几颗炒熟的黄豆塞进嘴巴里。只是这一蹲常常一两个时辰，染布师傅还讥笑我爷爷傻呆呆的。当我爷爷染出第一锅布时，人家才知道我爷爷不傻也不呆。

那年，我爷爷家遭了大灾，我爷爷才架起那几口大锅开始跟人染布的。开业那天，镇子里所有人都听到我爷爷一边敲铜锣一边喊话，开张头半个月染布不收钱，染坏了一赔二。我爷爷没钱请帮工，自己把麻绳往肚子上用力一勒，一把黄豆往嘴巴一塞，再一边嚼着黄豆，一边搅动大染锅。当我爷爷嚼完三四把黄豆时，那青得锃亮的布就染成了。

后来，那家大染坊被我爷爷挤垮了。没过半月，我爷爷嚼着黄豆把那几口锅搬进了大染坊。于是，镇子里又有了大染坊。

那名声像染布匠拿搅锅棍敲锅一样，咣咣当当更响了。在嚼着一把又一把黄豆时，我爷爷兜里越来越有钱。有了钱，除了每天多嚼几把黄豆，还娶了我奶奶。迎亲那天，我爷爷喝了好多酒，醉了，进洞房时还绊了一脚，兜里的黄豆全撒在地上。后来跟我讲这事时，我爷爷还叹气，这一绊，是个不好的兆头。要不，这后辈子也不会活得这样磕磕绊绊。说这事时，我爷爷喘出粗气，一口接一口，一口紧一口，结果我帮着擂了半天背，我爷爷还是喘得满脸猪肝色。

其实，我爷爷在生我父亲的气。

闲时，我爷爷经常是一边慢慢嚼着黄豆一边跟我说，你父亲是一个"倒钱筒"。我爷爷只生了我父亲一个，让我奶奶惯得很娇贵的。听我爷爷说，我父亲才十岁，就开始进烟馆。没钱，我父亲赊账。烟馆老板拿着赊账本来讨钱时，我爷爷才明白怎么一回事。

后来，我父亲好像进了"窑子"。

我开头还好奇地问过我爷爷，"窑子"是什么好东西呢？我爷爷呸呸呸把嘴巴里嚼得半碎的黄豆统统吐了出来，说那是用好多好多银子也填不满的一个"窟窿眼儿"。一直到两个满脸胭脂的女人找上门要钱，我才迷迷糊糊明白了一些事。

那天，我躲在我爷爷的屁股后面，一泡尿撒在裤裆里，哇哇直哭。两个女人张牙舞爪的，要把我抱走抵债。我爷爷一把揽过我抱得紧紧的，满脸老泪地让账房赶快取钱。

当我十岁那年，大染坊被抵了赌债。

三天三夜，我父亲跟人赌输了。

搬出大染坊时，我爷爷掏出一把又一把黄豆。我爷爷这回没有把黄豆塞进嘴巴，而是把黄豆顺着一路撒在地上。

晚上，我爷爷突然把我拉到跟前，指指桌上一只碗说，这辈子只剩下这一碗黄豆了。

我一看，那一碗黄豆炒得金灿灿的。

我爷爷说，爷爷把这碗黄豆装进肚皮里，孩子你要是没办法活下去时，再从爷爷肚皮里掏几颗。

我愣愣的，爷爷你不怕痛吗？

我爷爷叹着气说，好孙子，你心疼爷爷的话，一辈子也别把爷爷拖出去开膛破肚。听了这话，我还是愣着。

第二天早晨，我爷爷死了。当时，我父亲长嚎着，怎么也找不到我爷爷的几坨金子。整整两天两夜，我父亲雇了好几个人把小院子掘了一遍又一遍，掘了一遍又一遍，最后连瓦背也全掀掉了，还是没找到那几坨金子。我爷爷被邻居抬上山下葬时，我父亲已经疯了。

后来，一个金匠跟我说我爷爷确有几坨金子。不过，我爷爷暴死前偷偷地让金匠把几坨金子打成了一颗颗的金珠子。

我才蓦然明白，我爷爷最后吃的那碗不是黄豆，而是金子。我也明白，我爷爷舍命就是为了给我留下一笔活命钱。

听完这个故事，我唏嘘许久，问他，与你爷爷同时葬入山坡的金子后来取出来了吗？

他摇摇头。

他说，自己要是去开了棺，爷爷肚子里有再多的金子也会花光，更不可能拥有今天这个"著名企业家"的头衔。当然，他也不想让子孙重复自己父亲的悲剧，一定会在咽气前立下遗嘱把自己几家公司所赚的钱统统捐给慈善机构。至于爷爷肚子里的"黄豆"，连他自己也无法找到了，因为，他在很久很久以前就把爷爷的坟头削平了……

民工看球

曾 颖

民工钱二果的女儿小莲在捡垃圾的时候,捡到两张花花绿绿的足球票。她在民工子弟学校上过几天学,知道这两张票还没有过期。于是,她像平常捡到水泥袋啤酒瓶一样,高高兴兴地交到了父亲的手上,因为那上面印着的八十元钱一张的面值,说不定使她在吃晚饭的时候不再被父亲骂为"吃白食的"。

钱二果拿着价值一百六十元的两张薄纸感到有点不知所措。

他想,这样一笔钱可以买一百斤大米、几十斤土豆,甚至还可以买几斤肥肉的,这些东西足以让他的三口之家美美地吃上一个月,而有些人却把这些钱换成两张薄薄的纸,这真是不可思议的事啊!

就在民工钱二果为怎样处理两张足球票而困惑的时候,工棚里的人们早已沸腾了。这沸腾的成分中,除了夹杂着跟钱二果一样的困惑外,更多的是羡慕,都说小莲运气好,说得满脸都是灰尘和汗水的小莲咯咯地笑。

有人建议拿出去卖,一百六十元卖一百元,保证好卖。但马上有人反对,他们认为失主肯定会到体育场门口找,去卖票等于自投罗网。

有人建议拿到小卖部去换东西，小卖部那个小老板经常冲着电视机狂吼乱叫，肯定是个球迷，拿去找他换烟，换豆瓣、花生和酒，大家可以美美地乐一场。

这个建议大家都说好，但钱二果不愿意。他觉得自己凭什么要让大家高兴而让自己不高兴呢？即便是捡来的东西，总归还要值 160 元钱啊！

几个后生似乎看透了他的心思，就说："不如这样，你把票给我们，我们帮你捡水泥口袋，我们大家都得点实惠。"

双方约定，至少要捡够价值八十元的水泥纸，并请工棚里年龄最大的耿二爷做公证人。于是，四个渴望现代生活的小后生成为球票的新主人。

四个小青年为周末的球赛作了很多准备，他们买了饼干，并用捡来的矿泉水瓶装了自来水。由于只有两张票，他们商定一人看半场，就像他们平时喝酒那样，不一定非要喝足，大家尝尝是啥滋味就成了。

一连几天，他们都兴奋地谈论着，甚至在为钱二果捡水泥袋的时候他们都没停嘴，搞得工棚里的人们都说，这几天耳朵都快被足球磨出茧子了。

周末终于来了，球赛在晚上七点四十分开场。虽然这一天工地照例加班，但包工头儿看到四个毛头后生眼中熊熊燃烧的火光，于是破例让他们先下班。小后生们一个个欢天喜地，跑回工棚洗了个冷水澡，换上了新衣服，高高兴兴地赶车去体育场。

他们到达体育场时，这里已是人山人海了。很多人身上插着旗，脸上涂着油彩，像在跳大神。还有很多人高举着彩旗在狂吼。经过猜拳定出输赢，两个幸运的后生先进去。他们在另外两个后生的要求下赌咒发誓，保证看完一半就出来，再让他们进去。

上万人在一起喊叫，真是过瘾。开场了，两支足球队在场上厮杀。由于没有望远镜且不懂规则，他们只是觉得几十个人在场上乱跑，一个球在四处乱窜。看台上，纸条在乱飞，彩旗狂舞。人浪一圈一圈地飞转。想着这巨大的人浪是由花八十元以上的钱进来的人组成的，他们惊呼着、惊呼着，突然就没了语言。

上半场很快就结束了，双方球队交换场地。四个小后生也换了位置。先前进场的两个后生发现，原来，先进场的不是幸运，而是不幸。听着场里一浪高过一浪的欢呼和叹息，他们觉得时间像瘸腿的大象走路般让人难受。

好不容易等到散场。因为今天主队失利了，当初敲锣打鼓的人们显得非常沮丧，一个个拖着旗帜、耷拉着脑袋，有的男人还哇哇哭得伤心。在门口等同伴的两个后生觉得他们特别可怜。他们的同伴最后出来，这时广场上的人已经很少了，外面等得不耐烦的两位责怪他们说："你们要看到关灯才肯出来？"

后来出来的两个后生怀中抱着一大堆废报纸和塑料喇叭，说："这些都可以卖钱，地上还有这么多，快捡快捡，拿去卖了，我们今天的车费就有了……"

小　先　生

刘立勤

　　州城人都不知道他姓什么叫什么，也不知道他来自何方。

　　州城人只知道他是一个盲人，眼睛看不见，却在醉仙楼前摆了一张桌子，做起给明眼人指路的生意。

　　州城人习惯把他们叫先生。

　　他只有三十来岁，州城人就叫他小先生。

　　人常说，算命查八字，凑钱养瞎子。州城人厚道，有了闲钱，就到小先生的摊子前和他拉呱拉呱。三拉呱两拉呱，陡然对他肃然起敬了。谁想那小瞎子真是厉害，竟把明眼人说得一惊一乍的。

　　小事不说了，就说奎五吧。奎五是个小货郎，每天挑一个货郎担子转四乡。生意虽然不好，却养活着一家大小五口人。突然有一天，奎五犯了腿痛的毛病，找了好多医生看，就是治不好，家里眼看没法子过了。奎五的老娘找到小先生问一家的活路。他掐指一算，说奎五家房子的顶梁柱上有一截草绳子成精作怪，把绳子剪掉扔进水里，再用酒火把痛腿揉揉就好了。

　　老娘给奎五一说，奎五硬撑着爬上楼，顶梁柱上真有一截草绳子。奎五小心剪下，扔进水塘。回头沾了二两白酒，用酒火揉揉痛腿，当下轻松，第二天能正常走路，第三天跟挑货郎担卖货去了。

谁都知道茂盛绸缎庄的黄老板有个头疼的毛病，已经四五年了。疼起来虽然不至于钻心，可是手脚发麻，四肢用不上力。特别是遇上阴雨天，那份痛更是让人难过。黄老板是有钱人，看遍了州城的名医，还去省城看西医，也找了好多的游方郎中，花了好多的钱，都不见效。

黄老板找到小先生。小先生问了他的生辰八字，又掐指一算，问黄老板几年没有回老家了。黄老板说五年。小先生说，那就对了。你回一趟老家，你老父亲的坟头上生了一棵树，你把树拔了，毛病就好了。黄老板回了一趟老家，父亲的坟头上真的有一棵小树。拔了树，他立马经络通畅，通体舒坦。

小先生生意越来越好，找他的人越来越多，还有很多外地人。当然，也有不服的，比如麻六。麻六是个二鬼子，无恶不作，坏事做尽。州城的人恨不能扒了他的皮。他身后有日本鬼子，人们敢怒不敢言。

麻六听说了小先生的传奇后，提着枪来找小先生的麻烦。好心人提醒小先生躲避一下，小先生却摇了摇头，人们只好躲到一边看热闹。远远看去，麻六凶神恶煞一般，小先生却沉着应对。末了，麻六悻悻离去。一连几天，麻六来时凶神恶煞，最后都是悻悻离去。

几次三番，州城不见了麻六。有人说麻六领着手下的二鬼子炸鬼子的炮楼时被炸死了，有人说麻六投奔了国军，也有人说麻六投奔了八路军。问小先生，小先生摇头一笑，也不作答。只知道找小先生问路的人很多，好像每个人都找到了自己的路子。

小先生的生意更红火了，驻扎在州城的洪团长也请他算命来了。

洪团长是州城伪军的团长，官运财运样样通达，可惜没有儿子。三年间他连续娶了四房太太了，还是不见一男半女。洪团长望子心切，找到小先生，问如何才能得到一男半女。小先生掐指一算，又摇头晃脑一番，说，你回家去把你家正房后面的下水道用竹竿捅一下，啥都有了。

洪团长回家后，亲自用竹竿疏通下水道。过了两个月，几个太太相继怀孕，第二年洪团长就得了两男一女。洪团长一高兴，不仅亲自送来一千块现大洋，还要请小先生做师爷。小先生收了大洋，坚决不当洪团长的师爷，依然忙着为明眼人指路的生意。

小先生虽然没当洪团长的师爷，却操心着洪团长的事情。洪团长有什么事，都会把小先生请到府上协商，小先生也尽心竭力。在那个艰难的时期，洪团长的队伍越来越壮，儿女也越来越多，各方的关系也越来越通达。

后来呢，洪团长竟然带着人马投奔了八路军。

再后来，小鬼子投降了。人们看见小先生的摊子前来了好多的军人，有八路军，有国军，还有洪团长，还有失踪很久了的麻六。他们都是来感谢小先生的，感谢小先生给他们指出了一条光明大道。

小先生连忙说，我要感谢你们呢。我是个瞎子，杀不了鬼子，感谢你们替我这个瞎子去杀鬼子呢！

小先生说完就笑，笑得一脸灿烂。

白音胡硕的冬天

何君华

道尔吉老人的牛粪让人偷了。

说偷其实也不准确，因为牛粪并不是道尔吉的牛下的。但这堆牛粪道尔吉老人是围了石头的。围了石头，那这牛粪就是道尔吉的了。

白音胡硕草原上人人皆知的规矩是，一堆牛粪一旦被一圈石头围起来就表示这堆牛粪有了主人，别人是不可以捡的。

是谁破坏这个老规矩的呢？真是个不道德的家伙。道尔吉老人在心里骂道。

每年只有捡满十车牛粪才能熬过白音胡硕长达六个月的寒冬，可如今家里只有九车，上哪里再捡一车呢？

面对空空如也的勒勒车，道尔吉老人决定把这个偷牛粪的人找出来。

抽完一锅旱烟后，道尔吉心中已经有嫌疑人选了。

这个嫌疑人就是阿古拉。

道尔吉的怀疑是有道理的。阿古拉是前几天才搬来嘎查的，只有他没有圈牛粪。没有圈牛粪，怎么生火点炉子？怎么熬过这个刺骨的冬天？所以只好去偷了。

道尔吉老人推着空空如也的勒勒车径直走向了阿古拉家。

阿古拉倒是爽快，当即便承认他在乌兰牧场捡了一车干牛粪。"实在抱歉，我不知道白音胡硕草原上的规矩，不知道牛粪被围起来就不能捡。"阿古拉说着，就要把牛粪往道尔吉老人的车上装。

道尔吉老人却制止了阿古拉。

阿古拉的牛粪是在乌兰牧场捡的，但他的牛粪却是在巴音牧场丢的。

事情弄清楚了，阿古拉的确偷了一车牛粪，但他偷的不是道尔吉老人家的，而是别人家的。

一个很简单的解释是，阿古拉偷了某人的一车牛粪，那人眼见自家的牛粪被偷，只好去偷别人家的牛粪，那被偷牛粪的人家也只好去偷下一家的。这样偷来偷去，最后道尔吉老人家的牛粪丢了。

如果是这样的话，阿古拉作为破坏规矩的始作俑者，导致道尔吉老人牛粪被偷的过错还是在他，他这一车牛粪还给道尔吉老人也没有错。

道尔吉老人却不收。他抽起一锅旱烟，回头对阿古拉说："我前几天去了一趟赛罕牧场，发现那里还有些牛粪没有人围。就是远了点儿，从这里往北，大概十里路，你抓紧时间去捡回来吧。冬天没有牛粪怎么能成？"

这些牛粪是道尔吉老人原打算自己去捡回来以备不时之需的。现在，他决定让给阿古拉。

阿古拉连声称谢，连忙推起勒勒车往赛罕牧场走去。

伟大的成吉思汗曾经说过："牧场不能一人独占，所有的牧民一起放牧牛羊它们才会肥壮；美酒不能一人独酌，所有人一起畅饮才清香。"这句话道尔吉老人是突然想起来的，像一个灵光一闪的念头毫无防备地钻进脑海里来。道尔吉老人咂了咂嘴，又燃起一锅旱烟叼在嘴里，推起嘎吱作响的勒勒车朝家的方向走去。

道尔吉老人抬头看了看天，西天边的云彩不知什么时候已经偷偷变成了乌黑色，一场大雪看起来正准备漫卷而至。

"谁说九车牛粪就一定熬不过冬天呢？我偏要试试。"道尔吉老人在心里说。

黑　马

安　庆

那一年秋后犁地，我们借了岳父家的马。套上马，我在前边牵着马的笼头。然而，这匹马很不配合，它好像认生，像是知道犁的不是它家的地，就有些使性。它呼呼地走几步，就停下来，头一扬，尾巴一甩，让在后边扶犁的哥哥几次摔倒。后来它又尥蹶子，我妻子来牵它，它照样不看面子，照样走几步，又尾巴一甩停下来，太阳老高了还没犁几垄地。我赌气地把马牵回家，拴在院里的一棵榆树上。我开始教训马，用鞭子抽马，满脸汗水地骂着马，我想让马屈服，然后服服帖帖地犁地。可是马恼了，马又拼命地尥起蹄子，发出愤怒的叫声，尾巴翘起老高。我越是整它，它越反抗。我就是在这一刻把马毁了，我恼火地从地上抓起一块砖头，使劲地向马投去。我听见咚的一声，马颤抖了一下，接着它的一条腿颠了起来，马的屁股上浸出一层潮湿。唧唧——马无奈地叫着，我看见了马眼里的哀怨，凭我对动物的接触，我知道那是马最无奈的叫声。马在最痛苦的时候不是嘶鸣。当时我不知道马的那一条腿就这样完了。当我试图看看马行走时，我失望了，我颤颤地去解开马的缰绳。马在走路时，那条被我砸伤的腿稍一沾地就即刻弹起来，那条腿它再也没有放下来。四条腿的马现在要三条腿走路了。我心情沉重地把马重新拴回去。马残了，我不知道该怎样向妻子交代，我知道我是无意的，但我一时的冲动害了一匹马。我听见了妻子的哭声，一边哭一边念叨：咋弄啊，好好的一匹马，牵来时好好的，怎么就站不起来了？怎么让我跟娘家交代啊。我忽然害怕起来，对着那匹马流出了眼泪，我想逃跑。我对家里人说，不犁了，我自己把地全剜了。我扛着铁锹在地里呼呼地剜地，有时就独自一个人坐在地头发呆。那匹马后来被一个屠宰场拉走了，在马被拉走时我的心针扎一样地疼，妻子躲在一个角落偷偷地看着马被拉走。一匹马在睁着眼时就被屠夫牵走，太伤一匹马的心了，简直是一种残忍。我就这样成了一匹马的杀手。

站在村外的旷野是一个深夜，我忽然看见那匹马向我奔来，马鬃在夜风中抖动，它沉默地站在我的对面，好像是一次邂逅，又好像是一种等待、一种示威。我站着，想向马诉说我的忏悔，可是黑马转眼间又消失在无边的旷野。我听见风的涌动，忽然感觉我的愧疚和一匹马的生命相比多么卑微。

我离开了家，去一个城市流浪，我的打工生活就这样开始了。我的目标是用一年的工钱买回一匹膘肥体壮的大马，然后和妻子牵着送到岳父家。这也许可以使我的心少一分惭愧。那段时间我一闭上眼，它齐刷的鬃毛、黑色的眼睛就出现在我的面前，让我的惭愧在夜的漆黑里惊醒。我更加拼命地干活，想尽快地还了我的心债。有一次我遇见了一个老乡，他说：你是不是司家小二？我说我是。他说：你们家里人到处找你。我吓了一跳，更加愧疚。可是，我不想见他们，因为我还没有挣到马钱，我往邮筒里塞了一封报平安的家信，又换了一个工地。

我决定再远走他乡，去遥远的草原，义务地做一个牧人，喂养草原上的那些马，让我的心在放牧中找到安慰。和包工头结了几个月的工钱，我在一个夜晚背起了行李。我先走上了回家的路，想看看村外的河和我的叫瓦塘南街的村庄。我站到了沧河桥上，你们想不到我看见了什么，我在沧河桥上看见了一个女人，瘦瘦的身影很像我的妻子；太动人心魄了，我甚至听见了马的响鼻，就是黑马临走前那一声让我永远记挂的响鼻，在朦胧的夜色里我真的看见了一匹马的夜影……

　　是我的妻子。而且是岳父家的那匹黑马。

　　她在那个晚上告诉我，马的命是主贵的。它不会轻易离去，它在走向屠宰场的路上被一个老兽医救了。妻子说，真的，马真是命大，马在被拉走的途中碰到了老兽医，老兽医把马截住了。老兽医说，这么好的马它不能死，当时就把它牵走了……

　　后来每天的傍晚她都牵着马在沧河桥等我，和黑马一起在等我的回来。

　　可老兽医已经走了。

　　第二天，我们去了老兽医的坟地。

　　当我跪下时，我听见扑通一声——马跪下了双腿。

　　我又听见了马的响鼻。

"非典"时期的爱情

石　鸣

　　放下电话，于莉感到曾经空空荡荡的时光成了暴雨，从头到脚顷刻间就笼罩了她的躯体。这种空荡的氛围弥漫开来，慢慢渗透到肌肤里，渗透到血液里，使她突然有了一种饥饿的感觉。不仅仅是肠胃，仿佛全身都浸入了这无边无际的饥饿中。这感觉一下将于莉几个月前的日子拉到了眼前，让她恍然觉得怀孕又再度开始了。

　　七个月前，当医生告诉她小生命已在她体内成形时，她摸着依旧平坦的小腹，怎么也想象不出一个已经成形的生命，竟会让她触摸不到丝毫的生命迹象。唯一让她感受到有新生命存在于体内的，是那充盈全身的饥饿感。那段时间，正餐、零食、水果……她整天不停地吃，也减弱不了那饥饿的感觉。在这持续的饥饿感中，于莉切实地感受到了一个生命出现后是怎样地渴望长大。

　　一个渴望长大的生命。于莉回味着，下意识地用手摸了摸小腹——那里已经像果实一般开始成熟了。一个沉甸甸的果实已绷紧了她的肚皮，一个生命已开始盼望到这个世界来看看了。来看看吧，于莉将手停在圆实的肚皮上，抬眼向窗外望去。

窗外阳光明媚，不远处，医院花园里的各种花正长出一片生机。于莉看不清那到底是些什么花，但花朵的繁盛和热烈却是明确的，一点儿"非典"的影响也没有。于莉看着看着，鲜花在她的眼里慢慢模糊起来，泪水默默地流下来了。

听到确诊被感染的结果后，丈夫在电话里的声音是焦急的，带着明显的埋怨。那埋怨像一场地震，结束后还不停传来余震撞击她本已疼痛的心。不过于莉并未在心里责怪丈夫。接到确诊报告时，她的心也很痛楚，她不希望告诉丈夫是这样一个结果。她知道，自从上星期被作为疑似病例而被隔离观察以来，丈夫一直是在担心和不安中度过的。现在结果出来了，一个新的生命突然跟随她步入了危境，将心比心，于莉想，若换作自己也会责怪几句的。

其实，于莉早就在内心责怪过自己无数次了。隔离来得太突然，她甚至来不及和丈夫见一面就被困在病房里了。刚被送入隔离病房时，于莉心中充满了恐慌和歉疚，为肚子里的孩子，也为同时在家隔离的丈夫——万一真被感染了，怎么对得起他俩啊！但晚上通话时，丈夫没有丝毫的责怪，只是劝她不要紧张。"疑似，又不是确诊，别想太多了，我们都趁这个机会好好休息休息吧。"丈夫电话里的轻松让于莉内心一阵温暖又一阵酸楚。从丈夫那明显憔悴的声音里，她感受得到他内心的沉重。早在她所工作的医院被列为治疗"非典"的专科医院时，丈夫就劝过她，让她请假不去上班了。那一段时间报纸、电视、广播天天都在谈论"非典"，告诉人们"非典"的传播途径，告诉人们怎样预防。他们知道，避免感染"非典"的最好方法，就是不要和"非典"患者有近距离接触。但作为一名护士，她怎能在这种时候请假呢？她安慰丈夫说，医院有防范措施，她也会万分小心，不会有问题的。没想到上星期一名患者隐瞒病情，结果……

于莉轻轻擦去眼泪。花园里的花清晰了，但不一会儿又朦胧了。于莉长久地将手放在腹部即将成熟的果实上，思绪一片紊乱。

第二天起床后，明媚的晨光让于莉的心情好了许多。但这好心情随即就被窗外的景象破坏了。于莉惊讶地发现昨天那繁盛热烈的鲜花正被花工一剪一剪修理着，花枝花朵掉了一地。于莉的心情沮丧极了，她突然感到小腹有些疼痛，仿佛孩子就要坠落下来。于莉抚摸着微感下坠的小腹，感受着那生命的重量，悲伤便一团团浓烈了起来。她哭了，哭得比昨天更伤心，直到哭累了，停顿的间隙，才猛然发现电话在响着。

"还以为你生我的气不接电话了呢。"她拿起电话，是丈夫有些憔悴的声音，"对不起，昨天我心情不好，我……"

于莉抑制不住地抽泣了一下。

"怎么，哭啦？别气了，好吗？别哭了，好吗？我知道我昨天太……"

"花被花工剪掉了。"于莉打断了丈夫的话。在这空空的病房里，在这个鲜花被剪掉的清晨，这个电话，这声对不起，让于莉感到温暖和踏实。她不需要他再说什么，她甚至觉得他昨天的埋怨其实也是一种关切。

"什么花被剪掉了？"丈夫被于莉的话搞蒙了。

"医院花园里的花，它们昨天还开得好好的，现在全被剪掉了。"

"哦，那是修枝啊，要不了几天，就会开出更多的花来。要知道，生命是不会那么容易消失的。"

于莉垂下眼，望着小腹，泪水再次夺眶而出。

那个晚上的月亮

王明新

上大潮的消息像个幽灵在大北徘徊,我们等了十多天,它却失约了。又是新的一天,采油姑娘们如一群小鸟叽叽喳喳地飞向自己管理的油井。那些散布在大北的油井就像我们筑的巢,我们飞走了,还会再飞回来,因为我们恋着这些"巢",它们需要我们天天来维护。

风突然从海面上刮过来,石头一样硬,掀翻我们的长发,吹得头皮疼。风起云涌,天空黑得如一摊原油,大雨如注,刹那间整个大北就沦陷在风雨中了。几个职工在风雨里疯跑,他们中有队长、指导员和技术员。需要声明的是,三人中只有技术员是女性。他们一边跑,一边喊,上潮了,上潮了,都回到队上去!十多分钟后,四十七名职工全都回来了,一个个气喘吁吁的,还多出三个人,他们是两个看虾池的农民和一名上级派来的电工。这时候我们还有说有笑,几名老职工的脸却板成一块块生铁。

就在这时,潮水涌进了院子,一只小木船长了翅膀样翻着跟斗从我们头顶飞过去。潮水涨得飞快,不一会儿就到了膝盖。队长说,得转移,这里地势太低,去十二号计量站吧,那里有救生通道。十二号计量站地势更低，也正是因为如此，建十二号计量站的时候房顶上留了一个圆孔，一旦有紧急情况，人可以沿着梯子从圆孔中爬上房顶。

队长从库房里扛来一捆棕绳，五十个人用棕绳穿成一串，队长打头，指导员殿后，向十二号计量站进发。不到五十米的路，我们走了半个多小时，走到半道的时候听到身后轰隆一声响，回过头来，见是我们采油队的院墙被水冲垮了。被冲垮的还有我们既紧张还有点儿新奇和兴奋的心，我们全都闭了嘴。

站在十二号计量站的台阶上，潮水几乎淹没了腰，队长和指导员说女工先上。采油队里多数是女工，这是一个新成立的采油队，一半以上是和我一样分到队上只有几个月的学徒工。我感到腿有点儿发软，在几名男职工的帮助下，我终于爬上房顶。十多分钟后所有的人都爬上了房顶。房顶上风更大了，四周汪洋一片，我觉得自己渺小得就像一颗芝麻粒，鼻子一酸再酸，想哭，又忍住了。潮水山坡一样，一排一排卷过来，摔在计量站的墙壁上，冰冷的海水溅了我们一身。

风越来越猛了，雨点箭一样射在脸上，脸慢慢开始变得麻木。房顶面积只有二十几个平方米，五十个人蹲在上面像企鹅一样挤着，正好可以相互取暖。潮水开了锅一样往上涨，有的浪从我们头顶上翻过去，只把一些零星的水珠洒在我们身上；有的浪则正好在我们头顶开花。每这样来一次，我们都要洗一次海水澡。尽管是夏天，我还是感到浑身发抖。

天好像是突然黑下来的，我被挤在最里头，腿早已经麻木得失去了知觉，我听见有人说水离房顶只有一米了。我想象着潮水先吞噬房顶，然后将我们全部吞噬的情景；想象着计量站被冲垮，我们全都落进水里的情景，终于忍不住哭起来。我的哭声感染了更多的人，我听到一片抽泣声，她们大多是和我一样从学校分来不久的女生。

队长蹲在迎着风浪的最外面。这时候，他说，大家坚持了七八个小时，天也黑了，都打起精神来……又说，如果我发生意外，指导员负责，一定要坚持到天亮，等待救援。与队长蹲在一起的指导员说，如果我发生了意外，技术员负责。技术员刚才被几名男职工保护在里面，这时候她艰难地向外挪动着身子，说，如果我发生了意外，方桂林负责。方桂林是技术员的大学同学，他们正在恋爱。方桂林说，我不负责，因为意外不会发生。几声短促的笑声荡漾开来，算是给紧张的气氛撒了一把疏松剂。

指导员说，我们唱首歌吧。就带头唱了起来，团结就是力量，团结就是力量，这力量是铁，这力量是钢，比铁还硬，比钢还强……所有的人都跟着唱起来，团结就是力量，团结就是力量……

歌唱完了，我突然感到是那样的"安静"，只能听到风声、雨声和汹涌的潮水声。这时候突然有人说，报告队长、指导员，我想留封遗书，现在没有纸和笔，也没法写，我口头叙述吧，谁如果活下来请帮忙把我的话记下。说话的是一名老采油工。队长和指导员一时不知道该如何表态，过了一会儿，还是队长"嗯"了一声，说，说吧。老职工说，过几天我就要办理退休手续了，我打算离队之前请全队职工吃一次饭。队长说，废话，你如果真的"意外"了，还怎么请大伙儿吃饭？老职工"嘿嘿"两声，不言语了。我想笑，却没笑出来。我想，很多人可能都和我一样吧。如果是平时，一定逗得大家笑破肚皮。

不知什么时候，雨停了，风也减弱了，呼啸的海潮也好像疲倦了。队长说，退潮了，退潮了。我们始终绷紧的神经终于松弛下来，迫不及待地想站起来看看下退的潮水，可是身子根本不听使唤。我们一边"哎哟哎哟"地喊着，一边跺着脚，连滚带爬地站起来。这时候，突然有人喊，月亮！我抬头向天上望去，哇，一个又大又圆的月亮挂在纯净而幽暗的天幕上，像一只大银盘？像一面擦得光洁的镜子？我无法形容，只知道那是我此生见过的最美丽最好看最漂亮的月亮。

斗　鸡

易　凡

张三有只大公鸡，叫将军。将军十分了得，体大雄壮，嘴如铁，爪似钩，头顶大血冠，身披黑羽袍，迈着将军步，昂首挺胸，不可一世，神气得很。斗鸡场上，将军百战百胜，威震四方。各地来的斗鸡，很多不是被打败的，而是被将军吓败的。将军的胜利就是张三的胜利。张三靠将军发了财，发了财的张三还想发大财。

这天镇上逢集，张三在镇子的东西南北的进口处，贴了《斗鸡告示》：张三率将军在镇广场摆下擂台，挑战天下敢斗之鸡，赢家由输方奖励一万元。若将军败阵，除奖励对方一万元外，另捐款十万元给镇小学，以资助儿童教育事业。

告示一出，自然有人应战。近的都知道将军的厉害；远的就没把将军放在眼里，都认为自己的斗鸡是天下第一。

开战的日期到了。围观者熙熙攘攘，争相一睹为快。

第一场，应战者是来自山南的李四。李四的斗鸡叫鸡王。鸡王是只高大健硕的大红公鸡。鸡王虽说是只山鸡，但土生土长在大山深处，生性好斗，身手敏捷，在山南的地盘上，身经百战，从没输过一场。

双方斗鸡一出场，围观者就报以热烈的掌声。

黑色将军和红色鸡王，二雄相争，你来我往，嘴爪齐下，腾挪闪跳，博得围观者阵阵喝彩。最终鸡王不敌将军，在将军"喔喔喔"的凯歌声中，败下阵来。

于是，张三赢了一笔钱。

第二场，应战者是海北的王五。王五的斗鸡叫无敌。无敌的身架比起将军来，更胜一筹，算是超重量级对重量级。人们细看，无敌原来是只洋鸡，是老外专门为斗鸡而培养出来的一个新品种。无敌一身灰白的羽毛，浅浅的缺少血色的鸡冠，长长的尖利的嘴壳，长长的粗壮的双腿，其貌不扬。据说，无敌有惊人的战斗力，又是老外培育的新品种——斗鸡中的霸主。

双方斗鸡一出场，围观者都屏住呼吸，为将军捏了一把汗。将军见了无敌，一反常态，没有主动发起进攻，而是雄踞原地，昂首挺胸，喔喔大叫，并将翅膀拍得"啪啪"响，意在威慑对方。那无敌根本就没把将军放在眼里，东盯西看，精力很不集中的样子。其实，这也是无敌对敌的高妙之处。将军不前，无敌不进，一硬一软，出现了对峙。王五阴阴地笑着摇头晃脑，张三咬牙切齿瞪圆了眼睛。围观者群情激昂，亢奋异常，呐喊助威，自然形成了将军派和无敌派。

张三求胜心切，急忙使出训练招数，蹲在将军旁边，铿锵有力地连着咳嗽三声。只见将军颈毛倒立，眼射凶光，纵身一跃，腾空而起，向无敌猛扑过去。王五见状，哈哈大笑，你国内冠军焉是世界冠军的对手？大吼一声，无敌，上！无敌箭一般向将军冲了过去。顿时，尘土飞扬，毛羽纷飞，厮杀得空前惨烈。将军派和无敌派都忘了呐喊助威，张大嘴巴，晃着脑袋，傻子般哇哇乱叫。不一会儿，无敌明显占了上风，将军且战且退。

无敌勇猛异常，全力追杀。将军只有招架之功，已经没有还手之力了。这时，将军受伤，鸡冠血流如注。围观者都说，将军必败无疑了。正在此时，谁也没有料到，将军突然腾起，居高临下，闪电般地向无敌的眼睛狠狠啄了下去。随即，一声凄厉的惨叫，无敌失去了一只眼睛，无敌败了。

张三又是一笔巨款进账。

王五输得糊涂，问张三："无敌必赢，怎么就输了呢？将军必输，怎么就赢了呢？"

张三嘿嘿一笑："鸡冠是将军的尊严啊……"

接下来，一连几天，将军无敌手，没有了战事。腰缠万贯的张三乐呵呵地准备凯旋。这时，镇小学的老校长拦住了张三的去路，问张三："你就这样走了？"

张三嬉笑说："老校长啊，君子爱财，取之有道嘛。我是想捐助十万元给你，可我没有输呀。"

老校长笑笑，说："你目前虽然没输，可你还没斗完呀？"

张三惊诧地盯着老校长的脸："啥？还有敢斗的？是谁？"

老校长指着自己的鼻子说："就是我！"

翌日清晨，镇广场上早就挤满了看热闹的人。大家都想看看老校长怎样斗张三，老校长拿什么去打败战无不胜的将军。

开战的时间到了，老校长仍没有到场。人们议论纷纷。准备走人的时候，老校长大汗淋漓地背着个大背篓，匆匆赶到了。老校长在人们的抱怨声中，顾不了擦汗，就从大背篓里抱出了他的斗鸡。哇！原来老校长的斗鸡是一只个头瘦小、羽毛蓬松的鸡婆呀！不仅如此，老校长又从大背篓里，捧出了一群小鸡娃。围观者哗然，都笑话老校长在开国际玩笑。老校长却一脸的庄重，一点也没有开玩笑的意思，对张三说："这鸡婆就是我，这群小鸡娃就是我的学生。"

张三收敛了笑，围观者停止了哄闹。

一场力量悬殊的战斗开始了。早已不耐烦的将军，拍打着翅膀，喔喔高叫。当它看清面前的敌人是一只拖儿带女的鸡婆时，斗意全无了。将军毕竟是将军，傲慢地走过去，想把鸡婆和小鸡娃们吓跑了事。哪知，鸡婆在小鸡娃的一片惊呼声中，扇起翅膀，竖起颈毛，竟向将军发起了攻击。将军大吃一惊，还没反应过来，脖颈上就被鸡婆重重啄了一口。将军大怒，要想进攻，却没听到张三的命令。它看张三，张三正呆呆地看着鸡婆和它的小鸡娃们。将军犹豫之际，脖颈上又被鸡婆狠狠啄了一口。这时，围观者一边倒，都为鸡婆大喊助威。将军一下子蒙了。鸡婆在小鸡娃们的欢叫声中，又冲向了将军。将军本能地拔腿就跑……将军败了，确确实实败了。

张三输得奇怪，问老校长："将军必胜，怎么就败了呢？鸡婆必败，怎么就胜了呢？"

老校长朗朗大笑："小鸡娃是鸡婆的命根子呀……"

诱　杀

朱耀华

　　豹子向摄影师一步一步走过来。终于，它在离他几米远的地方站住了。豹子用充满敌意和怀疑的目光盯着他看了一会儿。那一会儿，摄影师的额上沁出了冷汗。

　　摄影师保持着一种闲散的姿势，两腿盘坐在地上，表情平和，这样使他看起来不具有攻击性。当然，他的内心此刻非常紧张，还有一些掩饰不住的恐惧。他默默地对自己说，沉住气，沉住气。

　　豹子又向前走过来了，他的心提到了嗓子眼儿里，但他依然保持着固有的姿势，他的心中蓦然升腾起一种壮烈的感觉。但这时，豹子转了一个弯，和他擦肩而过。

　　成功了！摄影师心头一阵狂喜。豹子终于可以接受自己了。为了达到这个目的，摄影师用了整整半年时间。

　　半年前，摄影师只身来到这片原始森林。很多时候，他和护林人住在一起。摄影师有一个宏大的计划，就是拍摄一组动物生活的真实镜头。他要求自己超越前人，能最大限度地和动物亲密接触，哪怕是最凶猛的动物。

　　很快，他发现了豹子。

他让自己慢慢进入豹子的视野。开始，他驾着越野车，和豹子保持着不远不近的距离。有两次，豹子对他展开了攻击，它暴怒地拍打着坚硬的车门。但是，最终，它无可奈何地走开了。两个月以后，摄影师就试着开始走出那个车厢，用尽可能通俗的身体语言向豹子表达自己的善意。在他身上，一切有嫌疑的东西都丢在了车厢里，包括钥匙。当然，他不知道和豹子之间能不能最后沟通。但有一点很明白，他和豹子之间的距离在一步步缩小。

他和豹子的这种默契持续了一个星期。之后，豹子眼睛里的敌意已经近乎消失。接下来，是让豹子熟悉摄影机的时候了。那个拉着长镜头的家伙很容易使豹子产生误会，让豹子认为它可能会受到攻击，从而激起它嗜血的兽性。因此，摄影师一直小心翼翼。

半个月以后，他完全获得了成功。他和豹子成了朋友，他可以摸着豹子的头跟它说话，可以亲手把好吃的食物送到豹子的嘴里。而豹子在欢欣之余，则喜欢翻滚着，和他嬉戏一番。

如果不是怀着好奇心躲在摄影师的车里亲眼看到，那个护林人就是死也不会相信，这一切都是真的。

摄影师从容地拍摄着豹子的一切，包括它和母豹子的爱情，直到准备的摄影胶片全部拍完。有时候，豹子还调皮地用嘴去"咬"摄影机的镜头。

摄影师满载而归，他给人们带回了一个崭新的森林童话。

悲剧发生在两个星期之后。

那天来了一个猎人。猎人是偷偷进来的，因为森林里早已明令禁止狩猎。但是，猎人需要钱。一张虎皮或豹皮就值上千块钱。运气好的话，也许还能得到象牙。猎人一心抱着发财的念头，于是，他铤而走险。

　　猎人是在毫无防备的时候遭遇豹子的。那天，他实在太疲倦了，靠着一棵榕树睡着了。当他被一阵轻微的声音唤醒的时候，他睁开眼，竟看见有一只豹子近在咫尺！

　　猎人立时毛孔偾张，脑袋里轰的一声。

　　枪就在他手边，子弹早已上膛，但是，那时，他完全吓呆了。

　　更不可思议的是，豹子竟挨着他蹲了下来。豹子望着他，那样子充满天真，仿佛是一个想听故事的孩子。

　　猎人以为是做梦，他悄悄使劲咬了咬嘴唇，感到了疼痛。

　　恐惧中，他本能地抓住了枪，并且把枪管移向了豹子的头部。

　　豹子没有反应，它懒洋洋地伸了个懒腰，之后就用嘴去叼枪管。

　　一声惊天动地的爆响。豹子的身子一下子飞了起来，同时，一朵血花在它的头部灿烂地开放……

　　猎人很久都没反应过来，怎么打一只豹子比打一只兔子还容易？

秋 唱

谢应龙

一季的雨水足，晒够了秋阳，地里有个好收成。

田边一个人站着，一个人蹲着。站着的抽着旱烟卷儿的是四爷，蹲着的头上罩着素边皂布头巾的是四奶。

田是村里的好田。村里的现有的田都好。稍差的这些年都种上了大豆、花生和红薯，地的行里都疯长着青草儿——种的人不愁收，播了种完事。甭管它大豆比白米细、花生赛黄豆大、红薯藤遮不住黄土。

四爷的责任田都种了上好的杂优稻。

站在田边，可以看清整个村院。村子里没有狗了，行路的人走得静心清闲。蹲着的四奶对抽着旱烟、眼睛直望着村子黄土大道的四爷说："老头子，甭等了，开镰吧！"

甭等了？这几天四爷等的就是他的儿子！大儿子在恢复高考后那年上了大学，工作在城里，秋收时总要请假回来帮衬爹，原是不要等的。直到三年前，大儿子升了职，开镰时就再也未见他的影子。春节，大儿子坐小车回来，劝爹："这几亩田，就别在它上面想主意，穷折腾了。"四爷眼一瞪，那年春节就过得没滋没味的。

说好今年全都回来，咋还未露出脑尖顶？

二儿子、三儿子，一个专科、一个本科，让村里人眼红。四爷听了消息，好久未作声。半晌才说："谁让他们全走了呢？"说的是实话。

半个也不会回来了。四爷的眼又朝村子逡巡了一阵后，他叹了口气，才回过头，来对四奶说："开镰吧。"

开镰了，熟透的水稻沉沉地朝着镰刀挥去的方向倒下。沉沉倒下的水稻在四爷的眼中闪过一道道无比绚丽的弧线，一股丰收无言的稻香痒痒甜甜地悬浮在秋日的风中了，他忍不住打了一个响亮的喷嚏，四爷才惊喜地发现。四爷说："老婆子，看我割了好大的一莞呢！"

四奶接言："我也割了好大一莞呢！"

四爷一愣，随即就笑了："割吧。"

"割吧。"

日近当午，四爷抬头看了一下天，天穹里尽是薄薄的青云，没有一丝儿的彩色，天底下的飞鸟一小群一小群地飞过。邻家地里的庄稼早已割了，稻草胡乱地散在田里，东一垛西一垛的。不远处的塬上是几柱冲天的浓烟在飘……四爷的心就猛地紧缩了一下，他一下子就怀念那时大集体大生产火火热热的情景来：男人挑禾挥汗如雨，女人割禾弯腰如弓，机声呜呜，镰光闪闪，最顽皮的娃儿们也跟在挑桶后边泥着脸蛋，抢拾着稻穗……

四奶说："我又割了好大的一莞呢！"

四爷看了看已汗流浃背的四奶，她满头的白发和金黄的稻色相配，显得非常美丽。四爷很痴迷地看了一阵子，说："老婆子，我总觉得这地里怪冷清的。"

四奶抬起满是汗渍的脸，她撩起青布衬衣的下襟在脸上撸了一下，便笑了，说："冷清就冷清吧，难道让人一边唱戏不成？"

四爷说："今日里我才真觉得自己老了。"

四奶听了，一愣，随后就豁开牙床笑。

"笑啥呢？"四爷见状，问道。

"笑你七十还不服老呢！想想，人若不老下去，这黄土地上的人一茬连着一茬地疯长，到今日恐怕连挤都挤不下呢。更何况人要吃要喝，堆成这么多，会弄成啥样呢？"

"那种田的把式都老了又去了，田地里冷冷清清了，你说又会成啥样呢？"

四奶听了，又一愣。她看见四爷的眼空洞而又迷失般地在空荡荡的塬上呆望了——路上有几个人正远远地朝这里走来。四奶跟着望，过了一阵，四奶说："不是咱家的儿，割吧。"

"割吧，割起，才热闹点。"

镰刀又动作起来，稻子在轻吟的阵痛声中成功地倒下。忽然，四爷嘶哑着粗犷的嗓门吼叫了起来，接着，唱：

> 锄禾日当午，挣钱儿读书。
>
> 谁知读书儿，进城不沾土。
>
> 说读书，说读书……

空旷的田野里，一段如泣如诉的歌谣，像一张无边无际的网撒向了天地的四方。不远处，一棵苦楝树上一群打盹的鸟儿惊醒了，扇动着惊恐的翅膀，箭一般地逃去。

四奶没来由地竟浑身战栗起来，低头看，一层殷红的血液已浸过了她的指尖，无声地点滴在稻田里。她回过头想看，却不见了血痕，血早已溶浸在尘土之中了……

流浪的故乡

马 卫

老坎叫我去喝酒的时候，我正在跟奚幺妹调笑。

远离家乡，除了上班，其他时候，寂寞难耐。有人打麻将，有人钓鱼，有人喝酒，有人网聊。我喜欢在网上看言情小说，反正包月，随便看。读了好的段子，上班时就讲给奚幺妹听。

别看奚幺妹是个农村右客，那腰却只有一尺八，所以平时看她，生怕她扭屁股时扭断了腰。她是我的下手，负责备料。所以，不得不接受我的骚扰。

反正是打工，也习惯了工厂文化——"一天不说×，太阳不落西"。

"一起去不？"别看奚幺妹文文静静的，却是能喝的家伙。据说，她结婚时，把一桌男的都喝趴了。

我们到了老坎的出租屋。

老坎是利川来的，那儿是齐跃山区，海拔一千三百多米。家里有右客，负责经佑（服侍）娃和老人，他每月打两千块钱回家。我来自万州，和老坎隔道山梁，算半个老乡，所以他常请我喝酒。

奚幺妹是重庆武隆的，也是大山区人。

老坎是磨工，有点儿技术，每月比我挣得多，大约在四千到四千五之间。我呢，只有三千块左右。奚幺妹更差，只有两千块出头。

所以，我们喝酒，都是自己弄菜。红烧肉，洋芋片，凉拌三丝，韭菜煎鸡蛋，豆腐小菜汤。

我们到的时候，老坎已弄好了菜，摆在一张小方桌上。酒是白酒，今天只多了一碟油炸花生米。有酒就有话，特别是我们这些流浪在外打工的人。

离家几千里呢，现在虽然通火车了，也要坐一天一夜才到达义乌，再转车到乡镇。加上从老家出发时还要坐汽车，路上得花四天左右。

奚幺妹真能喝，我们仨不知不觉间，就喝了两斤白酒。再倒酒时，老坎的脸红红的，像鸡公的冠子。

"老坎，郎个了嘛？"

"哎，眼镜，你晓得啵？我老汉儿（父亲）去检查，是肺癌。"

这基本上宣判了死刑。

"说啥呢？说家乡吧。"老坎主动不说家事了，毕竟对打工仔而言，对大病是没有办法的，只能干望着。

老坎摆只碗，他说，这是齐跃山。

老坎摆双筷子，他说，这是清江。

老坎摆个杯子，他说，这是恩施大峡谷。

"幺妹，知道不？那首歌《龙船调》，就发源于我的家乡恩施州利川县柏杨镇！"

"郎个不晓得嘛——

正月里是新年哪咿哟喂，

妹娃儿去拜年哪喂，

金那银儿锁，

银那银儿锁，

阳雀叫哇抱着恩那哥哇抱着恩那哥——"

这奚幺妹，居然唱得婉约深情。

老坎喝多了，不能自已。

他拿出风味小吃——血豆腐，让我们尝。这家伙，把好的藏起。

他拿出糯苞谷汤圆粉，要给我们煎粑粑。太麻烦了，这可是他过年后带来的哟，放了那么久。

他拿出右客纳的鞋垫子，红黄绿蓝的线扎的，漂亮极了，他从来没有穿过，装在随身带的化纤袋里。

"老坎，别喝了。"

"眼镜，我没有醉呢。我想家啊，我想家啊——"

这是江。清江，一年四季流着甘洌的水。他摆的是一双筷子。

这是齐跃山。热天从不用电风扇。他摆的是一只碗。

这是恩施大峡谷。人进去了，就完全是洞天别府哟。他摆的是一只酒杯。

家乡，被老坎搬上了桌子。

我们的眼里，是起伏的山峦，是流动的清波，是风吹响的树叶，是悬崖上攀缘的枯藤，是山坡上绽放的花朵，是红红的辣椒串，是火热的对歌——

老坎醉了。

我和奚幺妹把他抬上床，他嘴里还在嘀咕——

"幺妹子要过河哎，

艄公你把舵扳哪，

幺妹你请上船，

啊喔活喂呀佐，

啊喔活喂呀佐，

将幺妹儿推过河哟儿喂——"

奚幺妹恨恨地说："酒鬼，人家唱的是妹娃要过河哎。"

我掐了奚幺妹一把，嘴上说："一样，一样。"

其实，我们仁都醉了。因为，我们仁，心中的故乡，都在流浪。

我的遥远的杭州

田洪波

元旦的日历刚刚撕下，刘晓红他们四个知青就筹划着回家的事了。

那天开过全年的工资，几个人就乐颠颠地去了一趟镇上，买回许多东西，大包小裹地倒腾起来。只有王广胜，一个人低头出门抽起闷烟。

在这之前，大家曾约他一起搭伴回家，但王广胜谢绝了。由于他块头大，平日里就比刘晓红他们花销多。今年拿到手的工资不过三十元零点。合计来算计去，尽管强烈地想念白发苍苍的母亲，最终王广胜还是决定不回去了。

从胜利大队到莽山屯长途车票要五元，从莽山屯到佳木斯火车票是十元；从佳木斯到上海硬座火车票要三十三元三角；从上海到杭州要三元六角。光路费就差不多花光了手上的钱，路上还有几天时间的吃喝，怎么掰手指头数都不够啊！

其实，王广胜当天晚上就失眠了。夜里他默默流泪——他已经快两年没回家了，寡居多年的母亲是他永远的牵挂。

"有啥需要我们给你带的东西？"不知何时，刘晓红站在他身后。

王广胜急忙把眼睛看向天："不，不用，谢谢你们的好意。"

刘晓红沉默一下，用手轻轻捶了捶王广胜。王广胜没动，半晌，猛地转身进屋："我帮你们收拾东西！"

刘晓红眼圈红了，她知道王广胜心里难受，叹了口气，跟进屋去。

房东老何让刘晓红他们放心，他说，他会换着花样给王广胜做吃的，保证不会亏待他。几个人被房东说笑了，才放心地上路。

当天晚上，老何的屋子里清静了许多，只有高粱米的清香缭绕。老何不知从哪儿弄来一卷五香豆腐干，小心地切开，拼成一盘；又洗了一些白菜、萝卜，倒上一碟大酱，烫上两壶白酒，招呼王广胜吃饭。王广胜没滋没味地吃着，不说话。老何偷偷他一眼："如果你真的想家，想你母亲，其实也不难。"

王广胜吃惊地看着老何，老何一笑："我知道，你开的那点儿工资不够路费。我的意思是，我可以借你点儿钱。"

王广胜想笑得轻松些，嘴角却下意识地牵出一丝苦来。

老何眯眼："我知道你这孩子会拒绝。"

老何说着，倒满酒："你面薄，这我知道，其实也没打算让你短时间内还。不过，我还有个主意，就是从莽山屯到佳木斯这段路程，你如果敢逃票的话，能成功；再精打细算地花，估计这一趟费用也就够了。"

王广胜已经喝得脸红了，决然地摇摇头。逃票，那是多么惊心动魄的过程，也是多么丢人的一件事。他再怎么困难，也不能干啊！当然，老何这是为自己好，为自己着想。王广胜无言地冲老何举了举杯。

晚上，王广胜彻底地在炕上烙开了饼，快天亮了才迷迷糊糊地睡着。

小米，面食，老何变换着给王广胜做着吃，但王广胜就是说不出那个"谢"字。他把力气都用到了黑土地上，发疯似的干活。

春节刚过，刘晓红他们就回来了，个个脸上洋溢着喜气。大家给王广胜带回许多东西，刘晓红还给王广胜买了一副耐磨的手套。王广胜的心稍平静了些。

那天，王广胜肚子不舒服，被队长特批提前回家了，却正好撞上邻居王婶从老何家走出来的背影。王婶挥着手说，回吧，别客气，没面没米了，再去我那儿拿。

王广胜的心突然一紧，想着老何那几天对他照顾有加，脸热了起来。他想说什么，一米八的大个子杵在那儿，半天却没动。

中午返回知青点，有人给他带来一封信，是母亲寄来的。王广胜激动不已，颤抖着手，急忙撕开。母亲在信上说，他托刘晓红他们带给她的三十元钱和二十斤粮票已经收到了，让他别亏着身体，她一切安好。

三十元钱？二十斤粮票？这么大的数字！几乎一年的工分啊！王广胜惊呆了。

他想到了刘晓红他们，想到他们回来后绝口不提回家的事，想到他们小心翼翼的神态，想到他们带给他的那些东西，想到他们怎样历尽艰难，在杭州的偏僻小巷里找到他的家，把节衣缩食省下来的一张张纸票递到母亲的手中……

王广胜蹲下身，哭得像个孩子似的。

高高树上听远方

严德勇

蒋上尉是一位长着标准国字脸的帅哥，剑眉飞扬，双目如电，古铜色的皮肤泛着油彩般的光泽。他在大山深处的某基层部队任职。

那年夏天，蒋上尉休假，路过武汉，便寻思着去武汉大学看望一个正在读博的高中同学。那时蒋上尉所在部队规定，军人外出一律着军装。

在美丽的大学校园里，一身戎装的蒋上尉军姿笔挺，格外引人注目。当他走在树木葱茏的东湖林荫路上时，突然看见，迎面走来一个学生模样的秀丽女孩，一袭碎花连衣裙，长发飘飘如千寻飞瀑，明眸皓齿、顾盼生辉，宛如画中人物一般。蒋上尉的心突然怦怦怦剧烈跳动起来，一股异样的电流让他头脑发蒙、双耳赤红。

近了，近了……女孩似乎也发现了这个一身挺拔军装的帅小伙儿。他脸上的异样表情，让女孩脸上泛起羞怯的神色。她埋下头，脚步变快，准备从蒋上尉身边快速地侧身而过。突然，蒋上尉鬼使神差般，往左一个侧身，挡在女孩面前，莫名其妙地给女孩"啪"地敬了一个标准的军礼！女孩猛地抬起头，满脸羞红地望着蒋上尉，目光中满是错愕。这时，蒋上尉突然扬起左手腕，盯着手表上的指针，憋红了脸，一脸憨厚地问女孩："同学，请问你需要问时间吗？"女孩"扑哧"一声笑了。一惊一笑间，东湖波光潋滟……

美好的时光总是匆匆飞逝而过。一个多月的假期过后，蒋上尉不得不告别心上人，回到大山深处的连队。两人开始鸿雁传书。然而，旅部通信员总是每半个月才给连队送一次报纸信件，翘首以盼信件的日子很是煎熬人。

当时，连队只有一部军线电话，无法拨打外线电话。连队没有互联网，几乎没有手机信号。如何捕捉那时有时无、气若游丝的手机信号？蒋上尉虽费尽心思想了许多办法，但都不尽如人意。

有一天，旅首长来连队检查工作，紧急集合，唯独缺少连长蒋上尉。

"连长干吗去了？"旅首长满脸怒气地催问。

指导员怯生生地回答："在后山的那棵大树上。"

"荒唐！在树上干什么？"旅首长追问。

"那棵树上会有一点儿手机信号……"

旅首长在指导员带领下，爬上后山，只见在一棵最高大的树上，身着迷彩服的蒋上尉，爬到了接近树梢的部位，把手机高高地伸向空中。蒋上尉对旅首长的到来浑然不觉，焦灼的嘴唇咧开着，不时对着手机"喂喂喂……"旅首长静静地站在树下，一直等他"喂"完电话。

一年后，蒋上尉的爱情开了花，他和心上人走进了婚姻殿堂。新娘来到这个需要爬在树上打电话的地方。他们在连队食堂举行了一场简单朴素的结婚仪式。新娘的美貌容颜和知性气质，震惊了全连官兵。官兵笑称："连长爬这一年的树，真值！"

又爬了一年的树之后，蒋上尉的爱情结了果，一个眉目如画的小千金呱呱坠地了。蒋上尉爬树爬得更勤了，很多时候，手机里传来的婴儿嬉笑声，能让蒋上尉脸上的笑容流光溢彩一整天。

多年以后，那棵榕树似乎更加高大茂盛。不远处的山腰上矗立起一座信号发射塔，官兵们再也不用去爬那棵榕树了。

可爱的大蒜

赵长春

小菊年年种大蒜。

八月半，种早蒜。八月十五前后，小菊就将早早挑选好的蒜种下地了，地不多不少，四亩，套种在西瓜地里。西瓜已经要罢园了，到时候，瓜叶瓜藤子往地里一翻，秋雨连绵，一沤，就是好肥。

小菊不种麦子和秋庄稼。她算过，西瓜和大蒜比较划算，虽然也费工，就是生长期那些日子，其他的时候，只管收和卖。现在，卖不愁，城里总有车直接到了地头，一过磅，时价，然后，给公公婆婆五百或者一千零花的钱——前几年是五百，这几年是一千了——然后，骑上电动车就存到镇信用社了，省心、放心。这样，麦、秋两季，也省得柱子操心，不用回来。

柱子在外头打工，来回一趟，花费不少。等到春节回来，一家人团聚，省了不少花费。

平时，柱子想念小菊，或者小菊想念柱子，或者两人都互相想对方的时候，就打手机、发短信。人不在身边，话说得更黏，说完，脸儿红红的，身子松松的。去年春节，柱子带回来一台电脑，通了网线，教小菊上网、聊天、链接视频。这样一来，四岁的铁蛋也上了瘾,到了周末的晚上,就要求妈妈开电脑:"看爸爸,看爸爸!"

柱子在电脑上笑了,铁蛋笑了,小菊也笑了。

铁蛋是坐在小菊的怀里笑的,咯咯咯。

"铁蛋,替爸亲亲你妈!"

"不亲!"铁蛋挣着身子,"不亲!"

四岁的铁蛋很听话,但这件事好像不听话,小手挥舞着。

柱子也笑,小菊也笑。

"为啥呀?"

"妈吃蒜,难闻……"铁蛋捏了捏鼻子。

"哈哈!"

"嘿嘿!"

"咯咯!"

一家人都笑了。

小菊吃大蒜,反正家里有的是蒜。小菊吃蒜的时候,多是晚上。吃晚饭的时候,群立来的话,小菊就吃大蒜,咔嚓一口,就着面糊涂,吃得很开心。

群立皱眉:"这有啥吃头?"

"面糊涂就蒜,好吃!要不,你尝尝?"说着,小菊就对铁蛋吆喝,"铁蛋儿,给你立叔拿蒜!"

还没有等到铁蛋拿过来,群立就起身,出门,出了院子,站在街路上,想一想,就往大磊家去了。大磊也打工去了,他老婆水莲在家……

还有金海。正晌午头,金海上门了,说这说那。

小菊说:"全靠队长您哪,等柱子回来,陪您喝酒……"

金海一笑:"好弟妹,你就不能陪我喝一回?"

"我不会，要喝你就喝，我给你弄菜。"小菊说着，就进了厨房，拍黄瓜，凉拌豆角，都浇了蒜汁，浓浓的；切了盘牛肉，撒上洋葱片，端来。然后，抱了铁蛋，坐下，给铁蛋夹了一片牛肉："铁蛋，快长大，好陪你海伯喝酒……"说着，自己夹了一口豆角，拌了蒜汁，吃了，咯咯吱吱地响，"你喝吧，海哥！"指指金海面前的酒，再吃一大口洋葱，"夏天，吃这消毒，治病。"

金海喝了两口酒，没滋没味，走了。

金海一走，铁蛋从小菊怀里一挣："妈，吃牛肉！"

铁蛋将一片牛肉往小菊的嘴里送，却看见妈妈的眼角有一滴水，就去擦。小菊抱住了铁蛋，一笑，亲了亲他。铁蛋头别着："妈嘴里有味儿，不好闻。"

小菊笑了，切实地笑。

包括上地，小菊也在口袋里装上蒜，甚至洋葱。有个半下午，瓜地里没有人，小菊正忙活着，看见有人来，是元德，也和群立一样，不出去打工，整天走东家、串西家……小菊就赶紧站起来，啃了一口洋葱："哟，他德叔，想吃瓜哩？"

"可不是，菊嫂，想吃你的……瓜。"元德说着，目光如炬，发烫，却看见了小菊正吃的洋葱。

"你吃这，是咋了？"

"地里头虫多，还有野牲口。吃这，它们不来祸害人。"

小菊说着，又吃了一口。

元德就走了，踢掉了好几个大西瓜。

不少人说，小菊一身的蒜味儿，还有洋葱味儿。可是，柱子说没有，特别是春节时，小菊不吃这些，炒菜、拌菜都不放。

"我都吃腻味了。"小菊说，对着柱子努努嘴。

柱子嘿嘿一笑……

"兄弟五六个，围住妈妈坐。长大一分手，衣裳都得脱。"小菊给铁蛋说谜语。

"蒜！"

当年，母亲也给小菊她们姐妹说过这样的谜语。

年年，小菊都要编几串大蒜，挂在墙上，通风，晾着，这样，可以吃到来年也不出芽。

这也是母亲教的。

母亲在小菊当姑娘时说："蒜这样编好，挂好，就以为自己还在长着，就能守住自己的心，就不急着发芽了。"

紫桑葚

高 军

"小鬼，怎么好像不太对头啊？"他四下里扫了一眼，问警卫员。

警卫员扭头向西面的山峰看一下——每个山头硝烟滚滚，枪声炮声此起彼伏——就把两脚"啪"地一并："报告首长，老乡都躲了，门没顾上锁。"

"哦，打仗嘛。"他若有所思地点点头，"咱们就在这里落脚吧。老乡的东西，我们要照管好啊。"

紧张忙碌过后，瞅点空隙，他走出房门，两手举过头顶，伸了个懒腰，然后看看田野里的青草和绿树，感到舒坦了一些，正想转回身去，钻进耳朵里的枪炮声中，似乎夹杂着一种若有若无的"哒哒"的声音。他仔细听了一阵，就来到西屋门口。警卫员立即跟了过来。他先敲了敲门，没动静，就慢慢推开虚掩着的秫秸扎的门。迎门是一个大秫秸箔箩，里面养着已长到一寸左右的蚕宝宝。一条条蚕虫，在蠕动着，叠压着，有的还把头抬起来，来回扭动几下。他笑了笑，慢慢退出来，又轻轻地把门关上。

回到正房的指挥所，他问了一下二十五、二十六、二十七师所在的具体位置，命令道："不许从任何人手下漏掉一个敌人！"

他端起茶杯，举到嘴边，还没碰到嘴唇，又猛地放下，桌面被碰得响了一声，人们都抬起了头。他谁也没看，大声叫道："警卫员！"

"到！"两个警卫员跑到他跟前，举手敬礼。

他严肃地看了他俩一眼："我命令你俩，马上去给我采一筐桑树叶子来，要干净，要肥实。"

警卫员稍一愣神，随即大声应道："是！"看着警卫员跑步出了院子，他的脸上露出一丝微笑。然后，又大步走到地图前，看了看部队目前所在的位置，轻轻地舒了一口气。

一个多小时过去了，两个警卫员还没回来。他默默地站起来，又慢慢地走到西屋门前。手刚伸到门上，又猛地缩回来。他自嘲地笑了笑，走到大门口：

"这两个小鬼，怎么搞的？"

又过了一会儿，门口传来怯怯的声音："报告首长！我俩没看到桑叶。"

他看了他俩一眼，见他们还喘着粗气，一副疲劳的样子，就把心里腾起的火强压下去，指指他俩，冷冷地问："怎么回事？"

警卫员回答："在方圆两公里之内我们找了一圈儿，没有桑树，所以……"

另一警卫员说："西边倒是有三棵桑树，但被炮火打得光秃秃的了，树上一片树叶也没有了。"

他锁着眉头，没吭声。过了半天，才又轻声说道："你俩再去一趟，要扩大搜索的范围。"他把手使劲儿往下一按，声音略大了一点儿，"但必须采到桑叶。"

"保证完成任务！"两人的眼角有点儿湿，敬礼后拿着筐又跑了出去。

四下里的炮火仍很激烈。他的心里有点儿为自己的警卫员担心，两个小鬼可要小心哟。他不敢分散自己的精力，又马上把注意力转回到对战事的考虑上。

太阳已经过午，当他再次抬眼往大门外看时，两个警卫员终于走进了视野。

两人抬着一大筐碧绿的桑叶回来了，脸上显露着兴奋的神情。

他走出来，高兴地说："给我给我，你俩快去喝口水。"

但警卫员并没有走，与他一起抬着桑叶来到西屋。

他瞅着一个个蚕宝宝，嘿嘿地笑着，慢慢抓起一把桑叶，反过来顺过去地看了看，没有杂质，只是叶柄上带着几个紫色的桑葚。他把桑葚摘下来，塞到警卫员的嘴里。

警卫员没防备，只好吃了："首长？"

他笑了："慰劳你俩一下。"

说着，他小心地把桑叶撒到箔笭里。蚕宝宝快速地蠕动起来。唰唰唰，绿油油的桑叶一会儿就被咬出一个个大豁口。他又抓起一把桑叶，摘下桑葚，放到旁边的一只小凳子上，再把桑叶撒给蚕宝宝。

警卫员看到首长非常投入，就咂咂嘴，小声说："首长，桑葚真好吃，您尝尝吧。"

他摇摇头："不，给房东的孩子留着吧。"

炮火越来越猛了……

不久以后，被写入战史的孟良崮战役胜利结束。

躲出去的房主人回来了，他发现自己养的蚕吃得很饱，旁边一只筐里还有小半筐桑叶。在一堆紫色的桑葚边，还压着一张纸条：

打搅了，感谢给我们留门。

许世友

1947 年 5 月 16 日

看到这里，老乡的眼睛湿润了。蒙眬中，他发现那堆紫桑葚更鲜亮了。

北京，南京

侯发山

老歪这两天特兴奋，以致晚上都睡不着，鏊子上烙油馍似的在床上翻来覆去。有人说，睡不着就数羊，数不到一百头就睡着了。老歪连着几个晚上，都数到一万多头了，还是没有一点儿睡意。

是啊，这事换到谁身上都淡定不了。两个孩子都在电话里说，说他一辈子没出过门，趁着现在还能走动，让他到城里逛一逛，转一转，开开眼界，见见世面，想住了，就住下来。老歪到过最远的地方是镇上，赶集时去一趟，县城都没有去过。两个孩子像是商量好似的，说这几天就把车票给快递过来，让他做好准备。去就去吧，住是不会住的，玩两天还是可以的。若是犟着不去，说不定哪一天蹬腿了，会让孩子遗憾终生的。

村里人说，老歪该享清福了。可不是吗，老歪的一双儿女都成家立业了，都出息了，他还不该享福吗？

老伴走的时候，两个孩子还小，儿子六岁，女儿三岁。当时，亲戚朋友都劝老歪再找一个，说孩子没妈不行。老歪那时还是小歪，挺倔的，说啥也不找。他说，有了后妈，不一定是孩子的福气。就这样，他既当爹又当妈，一把屎一把尿地把两个孩子拉扯大，供他们上大学。两个孩子也算争气，学业完成后，都留在了城里。唯一遗憾的是，两个孩子不在一个地方，儿子在北京，女儿在南京。

两个孩子还算孝顺，没少给他打钱，没少给他寄东西，电话里也没少说话。他们刚参加工作那会儿，也曾邀请老歪到城里去。尽管老歪也特想去，却一直没有成行，他怕给孩子们增加负担。现在不一样了，都有房子了，都成家了，该去看看他们。

就这样，老歪睡不着了。

北京？还是南京？这几天，村里人见了老歪，都会这样问他。不少人给他出主意，有的建议他去北京，说北京有毛主席纪念堂，有天安门城楼；有的建议他去南京，说南京有中山陵，有雨花台。

老歪呢，咧着嘴嘿嘿直乐。说实话，他也没决定好到底是上北京，还是下南京。这两个孩子也真是的，说寄车票都寄车票，说不寄都不寄。

儿子在北京上班，房子买在了河北，每天上班要提前三个小时。唉，上个班就这么远，也真难为儿子了。儿子是去年结的婚，媳妇是日本闺女。他们举行的是集体婚礼，单位操办的。恰好老歪当时刚参加过本村的一个葬礼，按农村阴阳先生的说法，不宜再去参加婚礼，就没有去。他们也没回来过。也就是说，到目前为止，老歪没见过媳妇的面，不能说没见过——儿子给老歪买了个智能手机，在手机里见过，还给他拜过年呢，说话叽里咕噜的，像是鸟语。儿子说，那是问候老爸新年好的。老歪想等到孙子出生后再过去，视频了几次，也没见媳妇的肚子大起来。老歪也不好意思问儿子，当然，更不好意思问媳妇了。

儿子似乎知道老歪的心思，在上次的电话里却轻松地说，他们不打算要孩子了！这还了得，不孝有三，无后为大，得去好好数落数落儿子。

这边牵挂着儿子，那边女儿也连着心。女儿在南京上的大学，女婿是她大学期间就认识的。今年"五一"结的婚，女婿是南京一家企业的老板。哼，老板有啥了不起，收破烂的也叫老板——去年村里来了个收破烂的，临走给了老歪一张名片，名片上写着"××回收公司总经理"。女儿是旅游结的婚。老歪见过相片，女婿是个秃顶，年龄也不小了，似乎比老歪小不了多少，女儿说他是二婚。可能因为这个原因，女儿一直没把女婿领回来过。这个女婿不是外国人，是苏州人，说话也听不懂。女儿说，这个老板带来两个孩子，她自己不打算再要了。啧啧，女儿真傻，没有一个亲生的会中？都说闺女是爹娘的小棉袄，儿子指靠不了，还得依靠女儿呢。女儿过不好，也是自己的一块心病。

到底是去北京，还是南京？去北京，女儿不高兴；去南京，儿子不高兴。有了，谁的票到得早，去谁那里！主意一定，老歪才想起收拾自己，去镇里洗了澡，破天荒请人搓了搓背，理了理发，刮了刮脸，还拿出新衣服让邻居家的媳妇给熨烫了一下。

过了一天，老歪收到了一个快递员送来的两个快递——两张卧铺车票——一张去南京的，一张去北京的，车票上的车次居然是同一天的！

快递员的到来早已把左邻右舍吸引过来了，他们相互传递着火车票，眼里写满了羡慕，还一边取笑老歪，你不会分身术，看你这次去哪里！

当天晚上，老歪捧着妻子的相片喃喃自语，我是指望到时带上你去城里逛一逛，现在不可能了。我决定了，哪儿也不去，就在家守着你。说罢，老歪那沟壑纵横的脸上淌满了泪水。

去南京的车票是儿子寄来的。去北京的车票是女儿寄来的。

硬打三分

许福元

焦庄户地道战遗址纪念馆要征集一件抗日战争时期的物件——马凳。

何谓马凳？就是给马匹钉掌时用的矮木凳。

三个月征期已过，马凳尚无音讯。馆长马增直摇头，认为没戏了。本来嘛，汽车轮子早已代替了马的奔跑。

这一日，一个白胡子干巴瘦老头儿，肩背梢马子找上门来，对马馆长毛遂自荐说，我能做马凳，做马凳是我的熟套子活儿。

马馆长打量眼前这位老爷子，青鞋白袜灯笼裤，腰背挺直，双眼有神。说是年龄八十有九，但也就像七十出头摸边小八十的样子。

马馆长心里直打鼓，试探着问，您带家伙儿来了？

老人将梢马子从肩上取下，兜底往地上一倒，哗啦！好家伙，刀、斧、刨、锯，光凿子就有十几把。

马馆长问，您要什么条件？一个马凳要做多长时间？

老人开出条件：一个独门独院，只和你单线联系；要什么材料你们得供应什么材料；一个马凳要做七七四十九天。

马馆长略一思索，一拍脑门，行。

马馆长给进了一批枣木，老人用眼一瞥，说，不对。我要的是酸枣木。这是牛犄角枣木。

马馆长一摸后脖梗子，犯了难，我上哪儿淘换酸枣木？

老人指点，山里辛庄北山阴坡，顺义、平谷、密云三不管的地方，有三棵碗口粗的酸枣树。其中有一棵树过了火，那是被日本鬼子放火烧的。

酸枣木终于给弄来了，是十几根短棒棒。老人用手掂掂，说，不对。你们这是从枣树上半截锯下的，下半截还留在山上。我要的是坐地棵。

马馆长很纳闷，您怎么知道为图省劲儿，他们锯的是树的上半截？

老人随手将那些木棒棒往水池里一丢。一根根木棒一头沉下，另一头翘起，露出水面。老人用枯手指着说，酸枣木长成这样，得千年以上。坐地棵下半截扔进水里，会全被浸住，不会上半截露头。

七天以后，马馆长推开老人的独院独门，只见他面前摆着十几根短木枋，酸枣木黢黑的外皮已经被刮掉，露出微红嫩黄如铜质的白茬，纹理细如蛛网。

老人给马馆长派活儿，你让人弄一箩筐松木锯末，挖一个小地窖，我要将这些木枋点火熏一熏、烤一烤。

那是为何？

老人颇自信，这你就不明白了。湿酸枣木水气大，脾气也大。用热锯末蒸一蒸，烤一烤，出出汗，改改它爱开裂的性情。

十四天以后，老人对马馆长说，你给我准备一口大锅，烧一锅滚开的沸水。

那又是为何？

老人颇自豪,这你又不明白了。酸枣木只有经开水煮过,虫不吃,蚁不咬。下雪不怕潮,雨天不发霉。

二十一天后,马馆长再去看的时候,只见老人手中摆弄着几个小物件,两头尖,中间凸。

您这是做的什么?像枣核。

老人颇为得意,算是让你猜对了,这叫枣核钉。我做的马凳,浑身不见铁。我用枣核钉,拼接凳面。

二十八天以后,马馆长再去探视的时候,只见老人用二分半的凿子在木枋上凿眼。右手扬起斧顶锤一下,左手凿子摇三摇。凿刃啃咬着矩形小凹槽,金黄的木屑被掏出,榫眼却没凿透。

马馆长笑了,您这是……

这是闷榫,不是透眼。你当我是糙木匠?我做的活儿是小器作。你别看我是个钉马掌的,做马凳——手细。

三十五天以后,老人面前的木枋子长出了榫头,不过马馆长看了一眼,觉得卯眼不对。既然是卯榫结构,怎么榫头大于卯眼呢?走着瞧吧。

四十二天以后,马馆长看马凳还未成型。凳面与凳腿,长掌与短掌,牙板与嵌板,还在老人面前摊成一片。他不由得催老人,再过七天,"冀东骑兵营成立72周年纪念会暨抗日文物收藏揭幕仪式"就要举行了!

七七满四十九天,在焦庄户村东的歪驼山半山坡,纪念会如期召开。参加会议的有当年晋察冀抗日根据地各处的代表、平西代表、威县代表、盘山代表等,还有国家博物馆的研究员。

一块红绸布被揭开,哇!原来只是一只小马凳。马凳按营造尺寸身高一尺六寸六分六,厚墩墩的凳面分出三条粗腿,立柱却分别往八个方向伸展着。横拉竖扯冰裂纹结构,上承下托如重檐歇山。全身结合无一钉一铁，左观右瞅看不见榫眼。颜色如老榆木擦漆却免漆，气味似松香又掺进五月槐花香和紫荆条花香。

马馆长从与会者的眼神中读出，有的人看出门道，有的人不明就里。于是他指着马凳讲解，这小小的马凳，钉马掌师傅把马腿弯起，马蹄垫在上面，翻蹄亮掌。钉马掌师傅用肩膀之力，顶住刀铲，切下一层烂马蹄，剔掉旧马蹄铁，换上新马掌，战马才能奔跑如飞。想当年，冀东几百匹战马在东八县的抗日战场上纵横驰骋，就是多亏了这样一只小小马凳。

马馆长进一步说，马凳不怕风吹日晒，霜冻雨淋。它的神奇之处还在于，你无论将马凳或远或近或高或低扔出去，无论是平地还是山坡，不管马凳几经翻滚腾挪，它落在地上时，有如灵猫空中打旋儿，最后总是三条腿着地，不翻不滚不倒。

于是，马馆长当场演示，将马凳几次远远往不同方向不同地势抛出去，马凳还真是如附了魂着了魔，注入定力一般，无论如何飞翔，最后总是稳稳"栽"在地上。

有人问，现在，可以宣布马凳收藏了吧？

话音刚落，老人提着十八磅大锤闪亮登场了，说了声，慢！还有最后一道活儿没完呢。

老人左手持二分半凿子，右手持斧，往那本无缝隙紧致的榫眼正中生生开出一道黑缝，然后从口中衔着的三枚木楔取出一枚，插立于黑缝之中。抡起十八磅大锤轰然嗨的一声带一股雄风，往那楔子上砸去。如此三声三锤三揳，说来也神了，那三枚木楔，已分辨不出你我，竟然和整个马凳浑然一体了。

众皆称奇。有人问，您这一手活儿可有名称？

老人吐出四个字：硬打三分。

这时，坐在前排胸前挂满军功章的一位老者，被人搀扶站起，颤颤巍巍走上前来，拉住老人的双手，连连说道，你就是当年给我们骑兵营钉马掌的小马哥！多烈性的马，到你手里跟猫似的。我就是骑兵一连的老连长，当年就是你飞出的马凳，挡了日本鬼子一军刀，我的马刀才劈了下去。硬打三分，是你的外号。你还记得是哪位首长给你起的这外号吗？

　　我宁可忘了我姓甚名谁，也不会忘了给我起外号的那个人。

　　谁？

　　聂帅，聂荣臻！

爷父子

肖建国

爷父子，捣蛋铺子。

这是地方俗语。捣蛋，对着干，谁也不服谁。

老耿和小耿就是这样一对父子。比如，大伙儿选小耿当村支部书记，老耿首先不同意。老耿说，这小子，没公心，不顾人，从我们一家人吃饭就看得出来。饭菜一端上，他就先动筷，专拣好的吃，狼吞虎咽。还得历练历练。

大伙儿先一愣，后哄笑，认为老耿幽默，欲擒故纵。

小耿在多数人的支持下当了书记。前任书记——老耿，退下来，当了委员。

老耿是孤儿，参加过对越反击战，在丛林里出生入死，立过军功。退伍后本来被安排在国营单位当一把手，但老耿倔，偏要回到生他养他的小山村，心甘情愿地做了几十年的小村官。轮到儿子从部队复员，老耿才感觉自己实实在在地老了。看着依旧破落的村子，老耿对小耿说，留下吧，帮帮大伙儿。没有乡亲们当年的施舍，我早就饿死了，也就没有你，更不会有我们今天这个家。

小耿准备去深圳，战友泥鳅给他介绍了一份差事，年薪六万。老板说，表现好，再加。

小耿看看老耿通红通红的眼，思索了良久，才点头。

没想到，老耿竟然不同意他当书记。

小耿气，不理老耿。吃饭也不聚一桌。端起碗，夹点菜，蹲在门口榆树下，吧唧吧唧吃得山响。

老耿没事一样，瞅空就对小耿指点这指点那，说，学校的围墙裂了，娃们都是一群踩死蛤蟆、踢死猴的主，要赶紧修修。说，夏季就要到了，河堤要加固，万一有个闪失，损失就大了。说，村东头老党员——也就是你贺大爷病了，已在床上躺了三天，你要去看看……

小耿烦了，反问道，到底我是书记，还是你是书记？

老耿也不示弱，你是书记，可我是你爹。

爹大，书记大？

书记再大，也得听爹的话。

小耿问得冲动，老耿回答得痛快。小耿无言，起身就走。

气归气，老耿的话小耿还是照着做了。学校砌围墙，他时不时都过去看看。给工人发一遍烟，说，要保证质量。孩子的事，不能闹着玩。工人们拍着胸脯保证，这墙要是砌不牢，提头来见。河堤加固，他第一个扛着铁锹到现场——这里没有机械化，全靠人工挖土方。他一捋袖子，干。工地上一片欢腾。贺大爷病重，他率支部成员一起去探望，感动得贺大爷泪流满面。

春夏秋冬，一晃 5 年过去了，小耿赢得了群众极好的口碑，然而他却没有得到任何重用和提拔。先是镇里公选一名副镇长，按票数，他第一，然而公布的结果不是他。再就是县里要确定一批青年干部做接班人，德、能、勤、绩，他都是优秀，可最后确定下来的名单里依然没有他。和退伍的战友们相聚，他最寒酸。人家上了一瓶 XO，他竟说这黄酒没有自家酿的好，辣辣的，没点甜味。笑得满桌子人喷饭。已是处级干部的泥鳅意味深长地拍拍他的肩，说，想当官，要会作秀。

这话，让他嚼了又嚼。

进入六月，暴雨连绵。市里的头头亲自带队到各地巡视防洪工作。小耿眼前一亮，吩咐村里要准备好二十只木船。老耿骂他乱花钱，杞人忧天。说，这河堤我天天都在观察，结实着呢。小耿只是笑笑，难得一次不顶嘴。只交代村干部要让村民们进行自救演习。老耿骂，神经病！

然而，让人意想不到的是，这天半夜，河堤决了口，洪水铺天盖地涌进村子。好在村民们都有准备，那边铜锣一响，这边村民们都收拾重要家当爬进小船。洪水来得快、大，冲倒了七八间房屋，但没有一人受伤。保住了性命的群众都说小耿有眼力，是个好干部。这样，一传十，十传百，小耿就成了非常时期的典型人物，受到了头头的亲自接见。

雨季过后，小耿连升三级，给县长做助理。

上任前一天，一直沉浸在幸福之中的小耿才发觉，这些天来很少看到老耿。小耿心里顿时就慌慌的。

他想到了老耿，老耿就出现在他的面前。赤着脚，喘着粗气，手里还提了一双被泥巴包裹了的解放鞋。这鞋是他的。

小耿的脸一阵发白，浑身起鸡皮疙瘩。

父子俩对视良久，小耿慢慢地低下了头。

老耿一字一句地说，去自首吧，河堤是你挖掘了才决口。

不。

你不去，我去。老耿说着，就往外走。

小耿扑通跪了下来。爹啊，你是我亲亲的爹啊。你不能把这事沤在肚子里吗?

不能。

那我就死在你面前。

你死在我面前,我也要把这事说出去。否则,我就对不起把我养大的百家饭,就不是一名上过战场的军人,也就不是你的爹。

老耿说完,就往外走,任小耿将头在青石板上磕得鲜血直流。

老王的逻辑

苏 平

老王退休了，可是他不是一个闲得住的人。老王照样四点钟起床出去跑步，他有早起锻炼的习惯。老王是逻辑学教授，以前，每天早上沿校园跑一圈，然后回家洗洗，再去上课或者做研究。

现在，老王从学校搬了出来，住进了这个小区。小区不大，总共才八幢房子，在小区内绕跑一圈也就十分钟，老王觉得不过瘾。可老王不想跑出去，外面吵闹的马路他不喜欢，他喜欢安静，当时买这房子，老王看中的就是它的静。

小区内的道路有点儿脏，估计时间还早，清洁人员还没来打扫。老王就把路上的纸屑、矿泉水瓶等捡起来，扔到垃圾筒里。跑几步老王就得停下来，捡一捡。老王突然就有了扫地的想法。老王的逻辑是这样的：反正是锻炼，都是花力气，不如花得更有价值，而且扫地的强度更大，更适合他。老王为自己的发现高兴了一下。以前，他在校园里从没想到这一点，因为校园比较干净，而且校园的清洁工总是很早就把校园打扫干净了。

第二天老王就买了扫帚，扫起了地。起先，老王只能坚持扫小区内一半的路，后来，慢慢地得心应手了，可以用一个小时把整个小区的路扫一遍。扫完，身上大汗淋漓，心里淋漓酣畅。以前，他沿校园跑一圈也是一个小时。

老王扫地的时候，当然会碰上早起的人，有人和老王打招呼，你好。老王也说，你好。老王当然也会碰到小区打扫卫生的人，人家问，你怎么扫地啊？老王回答，我锻炼身体。打扫卫生的人就不问了，有人帮她干活儿，她当然不反对。

一天早上，老王又出去早锻炼。一个人拉住了他说，扫地的，地下车库脏得一塌糊涂，你也要经常扫啊。

嘿，人家把他当扫地的了。老王当然气，老王想，这就有点儿欺负人了，把我当扫地的了。老王想大声地告诉那人，我是教授，我不是扫地的。可老王转念一想，就想通了。老王想通了的逻辑是这样的：我扫地是为了锻炼身体，和别人怎么认为没关系。

老王继续扫地，一扫就是几个月，从不间断。后来还是间断了两天，不是老王偷懒，是老王去外地参加聚会了。聚会一回来，老王发现小区脏得不成样子。怎么会这样？一打听才知道，物业把原来打扫此片区的清洁工撤了。老王出门这两天，竟然没人打扫卫生。也就是说，这个小区打扫道路的任务全成老王的事了。

老王郁闷了。老王想，这逻辑不对，我锻炼身体，怎么就能把人家给撤了呢？老王拿这个问题去问他老伴儿。老王的老伴儿说，你把人家清洁工的地扫了，人家清洁工活儿少了，物业当然得撤人。就是物业不撤人，也肯定会让她去做别人的活儿，别人再去做别人的活儿，最终还是会有人因你锻炼而被撤。老王的老伴儿继续分析说，还有，因为你每天锻炼，所以小区干干净净，这已经成为一种平衡。如果你某一天，突然不锻炼了，那么小区原来的平衡就被破坏了，就没有人打扫卫生了，没人打扫卫生就会影响大家的生活质量，影响了大家的生活质量，你就要负一定的责任。

老王听完老伴儿的分析问，照你这么说，我以后这锻炼还不能停下来，还没自由了？老伴儿说，目前的情况还真是这样。

老王无奈地摇了摇头，说，这是什么逻辑？

这个逻辑老王没想透，老王又碰上了新的逻辑。老王那天早上正在锻炼，有人拉住老王说，你天天扫地，让物业少用了一个人，少用一个人就等于少开支一千多元。物业少开支一千多元，怎么也得给你补偿个几百吧。

老王一想这逻辑没错啊，凭什么物业在这个地方白省钱，物业得给他补偿啊。老王把这想法在脑子里过了一遍，又觉得不对。我是来锻炼身体的，怎么就变成赚钱的了呢？

老王后来还是继续扫地，老王后来的逻辑是，我是来锻炼身体的，管那么多逻辑干吗！

隔 窗 相 望

贺点松

一棵梧桐树的阴影下，蹲着一个黑瘦的中年汉子。他上穿一件皱巴巴的衬衫，下穿一件脏兮兮的黑裤子，脚上一双"踢死牛"布鞋，没穿袜子。他不断地取下脖子上的短毛巾揩额上、颊上大颗大颗的汗珠。他的脚旁放着一只鼓囊囊的塑料袋，塑料袋里装着一套衣服、几包方便面，还有许多鲜黄的杏子。

学校是新建的学校，梧桐树是去年才栽的，它投下的阴影勉勉强强地能遮住壮年汉子。

我经过他身旁时，他正又一次用短毛巾揩脸上的汗。

"找学生吧？"我问。

他赶紧站起来，脸上堆着笑："是找学生。"

我又问："在哪一班？"

他说："二（3）班。"

"二（3）班？"

"嗯。"

"学生叫什么名字？"

"赵飞。"

我心里"咯噔"一下。

"刚才下课没找着呀？"

"来得不巧，进校门时刚敲上堂（课）钟（铃）。"

我看看表，第二节课才上 5 分钟，就是说，这位父亲还得在酷暑中苦熬 40 分钟！

我说："这儿太热，教学楼北边台阶上凉快，坐那儿去吧！"

不敢再多看这位父亲，赶紧走进教学楼。

赵飞是我班的"双差生"——学习差，成绩差。作为班主任，从高一到高二，我不知做了他多少思想工作，都没有什么效果，近来，顽劣程度还有增加。我上了二楼，走到班级的教室外，隔窗观察。是语文课。王老师正在动情地讲着，学生们听得入神。可是，赵飞已趴在靠窗的课桌上睡着了。赵飞此举，我已见怪不怪，而今天却让我非常恼怒，真恨不得冲进去把他揪起来，狠狠地揍一顿。

我点起一支烟，猛吸一口，有了一个主意。我轻敲一下窗子，示意赵飞的同桌叫醒他，让赵飞出来。

赵飞被叫醒了，揉着眼。

"跟我来！"赵飞跟着我进了办公室。大概认为我又要教训他了，摆出一副水泼不进、刀枪不入的满不在乎的架势。

我说："往里边站点儿，赵飞。"

赵飞往里边站了点儿。

我说："再往里边站点儿，站到窗户前。"

赵飞大大咧咧地站到窗前。

我说："这节语文课，你在睡觉吧，赵飞？"

赵飞轻描淡写地说："是。"

我说："我想让你观察一个人。观察之前我想提醒你，今年夏天天气干旱，持续高温，今天的气温是 38 摄氏度。你要一边观察，一边思考，那个人来干什么？他为什么蹲在那儿？他一生最大的愿望可能是什么——好啦，隔着你旁边的这扇窗户，那个人你抬眼就能看见——开始吧！"赵飞抬眼一望，转身就要出去。我用极其严厉的语气说："站着！按我说的做！"

赵飞不敢再动。

办公室里静极了，只有吊扇转动的"呼呼"声。

赵飞的眼里有了亮晶晶的东西。

赵飞的喉头在蠕动。

赵飞的双肩剧烈地抖动着。

下课的铃声响了，赵飞终于"哇"的一声哭出声来。

"老师，我……"赵飞泣不成声。

我严厉而又语重心长地打断了他的话："什么也别说，去吧，我相信你是一个善于思考的学生，我不想听你现在怎么说，我想看你今后怎么做！"赵飞咬着嘴唇重重地点点头，向我深深鞠了一躬，转身跑出办公室。

从此，赵飞像换了一个人，期末考试，赵飞的成绩跃入了全班前列。

活　法

安昌河

张三中了彩票，四十万。

有钱了，张三想要干的第一件事不是想找个漂亮的媳妇，也不是买车，更不是建楼房。他第一个念头就是要出口恶气，好好耍耍李四，叫他丢丢面子。李四是秦村有名的能人，开的是小车，住的是三层楼房，整天穿的是西装革履，干部似的。张三和李四是同学。张三没爹没娘没老婆，也没楼房，更没小车，穿得皱皱巴巴，照李四的话说，城里捡破烂的都比他穿得整洁。

李四是这个世界上张三最受不了的人，从小就受他欺负，动不动脑袋上就要挨他的爆栗，屁股上遭他的脚踹。长大了，李四不再动手打人了，却老是拿言语糟践他，有时候还故意做出些行为，让他在众人面前丢脸。

比如说吧，见了张三，不管人多人少，李四总爱"语重心长"地劝导他，张三啊，你也该长个心志，争口气了，你瞧瞧，现在咱们村，谁还像你过得这么凄凉呢？没钱买衣裳，河水总是不要钱的吧，麻烦你费心思把衣裳洗干净点，好不好？要不就"关心热切"地说，张三啊，出门挣点钱吧，不管老的丑的，弄个女人回来吧，你张家的香火，总不能断在你手里吧……

更叫张三可气的是，李四还时常把家里吃剩下的米、面条、菜油什么的弄来送给他，还有他穿旧了的衣服，要张三千万不要讨口子嫌馊稀饭，有得穿就不错。有一回张三好不容易求媒婆给他介绍了个女人，正在吃饭的时候，李四来了，拎着些米、酒和肉，还有一袋旧衣服，说了一大堆叫张三无地自容的话。末了，李四掏出一百块钱来塞给那个女人，说什么"现在张三的日子是过得差些，但是在大家的帮衬下，总会好起来的……"。结果那个女人的嘴巴噘得可以挂住三个油瓶，一场本来还可能有希望的婚姻就这么泡了汤。李四还动不动就吆喝张三给他干活，什么给轮胎打气，什么铺路，什么擦洗车身，什么粉刷墙壁。李四当然不会叫他白干，他给钱，给得还不少。但是李四给钱的时候总不会立即就把钱送到张三手里，他得说一大番话，很不受听。好多回张三听见李四大声武气地吆喝他，就不想去，但是两条腿还是不由自主地带着身子屁颠儿屁颠儿去了。没办法啊，人一穷，志就短。张三确实受够了。

现在张三有钱了，四十万，这可不是小数目。张三再不用受李四的窝囊气了，李四也再丢不了他的脸面了。

现在，张三要给李四点窝囊气受，要丢丢他的脸面了。

你不是不得了吗？我就要使唤使唤你，糟践糟践你！叫大家都知道，现在变天了，你李四在我面前也成了个没面子的人了！

张三要李四帮他把茅坑除了，他给五千块钱。

除茅坑，秦村人也叫"淘大粪"，苦不说，还累，而且臭。这活儿大多是自己干，因为没谁愿意帮这个忙，都嫌丢份儿。起初，张三还以为李四不会答应，谁知道李四听说后，很高兴，说，好，先给钱吧。张三心想你答应了，还赖账了不成，就给了钱。

李四并不急着干活，开了车去街上。没过多久回来了，跟着来了辆车，车上跳下几个人，这些人穿着长筒胶靴，戴着口罩，扛着铲子，推着推车，去了张三家。还没等张三回过神来，那些人就把茅坑除得干干净净的了。

李四摸出张三刚刚给他的一沓钱，发卡片似的潇洒大方地给那几个淘粪的每人一张。

那些人道了谢，车子一溜烟离开了。

李四拍拍手里余下的一大沓钱，语重心长地跟傻了眼似的张三说，张三啊，你现在有钱了，可是有钱也不能这样使啊！这叫糟蹋！掏个茅坑值得了五千块吗？咳，也是，你刚有几个钱，确实也不知道该怎么花。这还剩四千五，我就教你怎么花钱吧！张三，你可得学着点啊！

说着，李四叫住前来看热闹的村长，说，村长，你不是说咱们学校的窗户要装玻璃吗？这不，我刚从张三那烧包手里挣了四千五，捐了！

第二天，邮递员送来了报纸。报纸上有两则消息引起了大家的注意，一则的标题是"新农村新鲜事，秦村人请起了掏粪工"，另一则的标题是"古道热肠，好人李四捐资助学"……

报纸传到张三手里，张三看得两眼一愣一愣的。

锦绣的天空

戚富岗

有一对夫妻经营一家绣坊。

妻子的手艺很精湛。她的绣品上飘飞的云彩总让人遐想到仙女的曼舞，火红的花朵常常吸引来成群的蜻蜓和蝴蝶，碧绿的小河里能清晰地望见水底的鱼儿在畅游。

有一天，妻子问丈夫，这世界像锦绣一样天蓝蓝、花艳艳、水清清吗？

丈夫说，是的，如你的锦绣一样美丽。

妻子说，那么乡下的吴妈买了我们的绣品，都好多年了，为什么还不来还银子呢？

那是她嫁出三个女儿时买的，我们去找她的女儿吧。丈夫说。

他们坐着马车，首先找到了吴妈的大女儿。吴妈的大女儿态度很不好。她说，银子我倒是有，可东西压根就不是我买的，我怎么能揽这档子事呢？

妻子的心里稍稍有些不是滋味。

丈夫说，别灰心，我们再去找吴妈的二女儿吧。

好像我出阁时是有那么一件绣品，不过我可没留意，有没有那么一件绣品又有什么关系呢？至于它是从哪儿来的——是买张家的、还是李家的，是别人送的、还是路上捡的，还是它自己飞来的，还真记不起来了。吴妈的二女儿很不高兴。

从吴妈的二女儿家出来，妻子的脸上和天空一样布满了乌云。

别难过！我们还可以去找吴妈的三女儿嘛。丈夫说。

他们就又坐上了马车。

有这回事，当时我妈买东西时，碰巧手上没有银子，是前街的大壮做的担保。吴妈的三女儿记得很清楚。

是的，是这样的。妻子说。

可前街的大壮去年已经得了急病去世了，这事还从哪儿说起呢？

早晨他们从家里出发的时候太阳才刚露脸，现在太阳已经完全隐到山那边了。除了颠簸劳累和难听的话语以外，他们没有别的收获。

吴妈嫁第一个女儿赊绣品的时候，说很快就能还钱，我们信了她。到了第二次拿绣品的时候还是欠着，信誓旦旦地保证要一起把银子还上，我们也信了。嫁第三个女儿时她又来赊绣品，还找了人做担保，说就算她还不上，不还有她的三个女儿吗？还能亏了这几个小钱不成？可她们怎么这样呢？妻子拨了拨灯芯，捏起针准备接着绣美丽的白云、红花和小河，却叹了口气把针撂在了丝巾上。她的心情糟糕到了极点。

丈夫说，别伤心！过几天我们直接去找吴妈。

那天，天不亮他们就坐上了马车。

见着吴妈的时候，太阳的缕缕金丝已经把大地装扮得光灿灿的。

吴妈已经老得不成样子了，腿脚行动起来都不太方便，看起来挺穷苦的，屋子里的米缸已经快见着底了。

妻子悄悄对丈夫说，走吧，就别提绣品的事了，把我们的散碎银子再给她一些也行。

吴妈却站起来拉住了他们，从床上拽出来一个包袱，一层一层地解开。可把你们盼来了，这些年你们怎么就不来呢？绣品的事一直在我的心里惦记着，压得我怪难受的。没啥挣钱的本事了，就每天从三餐饭里挤出来一些，不过总算是攒够了。压在枕头下面有些日子了，从没敢乱动过……

走出吴妈家的篱笆院的时候，妻子下意识地仰脸看了一眼天空，她觉着和她一针一线绣出来的一样美丽。

瞅着马车远去的背影，吴妈嘟囔了一句，这男人真是有毛病，自己拿银子给我，再让我给他的妻子，还非让演这么一出。

父亲的斑马线

刘会然

刚来城里几天，父亲就像失去阳光的麦苗，病恹恹的。

我劝父亲多去公园里走走。公园就在我们房子对面，横穿一条大道就到了。公园很大，风景秀丽，活动的人也多。

父亲说，房前的大道上车太多，很麻烦。

我告诉父亲，过大道时走斑马线，所有的车辆都会停下来让你，很方便的。

父亲说，真的吗？斑马线这么神奇？

我说，千真万确。

父亲好奇地问，什么是斑马线？是留给斑马走的线吗？

我笑了起来，城里哪里有斑马？是大道上用白漆漆成的像斑马身上条纹的线。斑马线是方便路人横过大道用的。我再一次告诉父亲，在斑马线上行走，所有的车辆都会停下来让你。

父亲问，是所有的车辆吗？

我说，是的，是所有的车辆！

父亲还是不肯相信。我亲自带他过了一次斑马线之后，父亲"啧啧"称奇，说城里人真文明。乡下的车都是在路上横冲直撞，怪吓人的。

父亲再问，行人走在斑马线上，要是车辆不停下来让行人，将会怎样？

我说，交警会严厉地处理他，罚款，扣分，严重的还要吊销驾照。

父亲说，好，城里的制度就是好。

闲着的时候，父亲就一个人去对面的公园里散步。头几次过斑马线时，父亲还是畏首畏尾。几次过后，父亲总算放心了。渐渐地，每次过斑马线，父亲总是昂首挺胸，巡视着来往的车辆，活像是一个检阅军队的大将军。

父亲说他喜欢这种感觉，走在斑马线上的时候，所有的车辆都齐刷刷地停在脚下。父亲说，这就像检阅自己饲养的那群整齐划一的鸡鸭一样。

公园里散步的，遛鸟的，遛狗的，多是成群结队。他们都是一些退休了的城里人，满是城里人的气派。

父亲不懂遛鸟，不懂遛狗。父亲想，城里人真怪，让鸟在天空、树上鸣叫不是比在笼子里叫更动听吗？还有，让狗猫它们自己走就是了，为什么要用一根粗粗的绳索拴在脖子上？狗和猫不是都有灵性，知道回家的路吗？

那次，父亲对一遛鸟的大爷说，你爱鸟吗？

大爷说，你不是废话嘛！我每天喂它最高级的饲料，还放交响乐给它听。

父亲说，既然你爱鸟，你干吗要把鸟儿关在笼子里，像坐牢一样？

大爷剜了父亲一眼，你乡下来的吧……

那次，父亲对一个遛狗的大妈说，你爱狗吗？

大妈说，你看不出来吗？我每天都要给它美容按摩，晚上我们还同睡一张床。

父亲说，既然你爱狗，你干吗不放开绳索，让狗儿自由玩耍？

大妈啐了父亲一句，你乡下来的吧……

以后，公园里的城里人一看到父亲走近，都纷纷躲闪。乡下来的父亲孤零零的。

那天，父亲精神一振，像发现了沙漠中的绿洲。他发现一乡下人正吃力地铲一大堆游人遗弃的垃圾。父亲感觉应该去帮一下乡下来的兄弟。二话没说，父亲走过去，拿起铲子就干上了。乡下人很紧张，说，你乡下来的吧？

父亲说，是啊，你不也是吗？

乡下人说，大哥，我求求你了，你千万不要帮我。你一帮我，明天我手里的铲子可能就没有了。说着，乡下人忙从兜里掏出一包烟递给父亲，大哥，帮帮忙，我是从乡下来的，现在好不容易找到这份工作，我老伴儿还卧病在家呢。

父亲很纳闷儿，我真心帮他，想和他聊上几句话，他却认为我抢他饭碗。唉——父亲叹了一声。

父亲觉得去公园没有意思了。父亲说，公园虽然景色优美，聊天儿的人也多，可只有树木愿意和他说话了。

不过，父亲还是喜欢去公园。他说，他觉得过斑马线的感觉真好。父亲空闲的时候，总喜欢在斑马线上晃来晃去。在斑马线上，父亲仿佛找回了所有的信心与尊严。

那天，父亲在检阅他的"军队"的时候，一辆车疾驰而过，父亲还没有明白怎么回事，车轮已经碾过他的头颅……

父亲到了另一个世界，他也许永远也不会明白，自己竟然会倒在一辆警车的轮子底下，而那辆警车正是为了追赶一辆乱闯斑马线的肇事车。

四 大 嘴

李立泰

四大嘴好早起晨练，顺着小公路，边走边打拳，也没啥套路，就是活动活动筋骨，出身汗，痛快！今天一出村，来到村北打谷场。

其实早没打过谷子了，就轧轧麦子，这两年麦子也不轧了，都他妈收割机了，到地头吐麦粒儿。但场里还有麦秸垛。

老远四大嘴就看着场里多了堆东西，黎明前的黑暗，看不清。他快步走到近前，哇！一堆苹果。这就有点儿意思了，一夜间多出堆苹果，蹊跷。

他蹑手蹑脚躲到麦秸垛窟窿里，观察动静。等到天亮，也没来个人毛儿。四大嘴从麦垛窟窿出来，整整衣服，拍打拍打麦草，庄重地查看苹果现场。

四轮从小公路来到场里把苹果卸下，大部分是散装，有几个塑料袋子装了苹果，围在边上。没袋子的地方用树枝画了圈儿。

还写了几个大字：各位乡亲，因有急事，先把苹果卸下。谢谢！

噢，原来如此。

四大嘴有数了，要帮助老乡看好苹果，不能在咱这儿丢了一个苹果。他回家告诉老婆子新发现。老婆子说，憨家伙，还不拉到家来，你先看见的。

他大嘴一撇到了耳门子，娘们儿家头发长见识短，不是咱的东西，能往家拉吗？现在什么社会了，改革开放，和谐搞活，还群众路线。唉——人家遇到急事了，咱火上浇油？

那你学雷锋？憨头？对！我去看着，咱也不是思想高学雷锋。应该。他搬了凳子，提了水，来到场里，坐到苹果堆旁边喝水吸烟。

人们陆续出村，见四大嘴在场里坐镇，当了掌柜，哈哈！鸟枪换炮了四儿！二大牙先走进四大嘴的视野，此时四大嘴眯缝着眼不看来人。

二大牙开腔，四哥，发财了倒腾苹果？说着，伸手摸个大苹果，在褂子上蹭蹭，张嘴想吃。

四大嘴伸手抢过来，对不起，这不是我的，不能吃。

这里还没平息五大巴子也来了，伸手捡大苹果。青瓜梨枣见面就咬。吃个尝尝，先尝后买知道好歹。

老五，这不是我的，别吃。俩弟兄弄了个窝脖儿，四大嘴跟他们告诉了事情的原委。

操！不知哪儿的，分了龟孙算了。二大牙说，四哥你先见的，你要大半，俺见得晚，俺少要。五大巴子也附和，是啊，这样吧，你百分之六十怎样？俺每人百分之二十。行吧？

四大嘴身子一拧，说，不行。咱都不能要。人家有急事，走了，咱不能坏良心。

二大牙说，四哥，这年头还讲良心？良心多少钱一斤？谁他妈不是见好就抢。

四大嘴说，兄弟们，我不管你们讲不讲良心，现在，我有发言权，别叫我生气，咱还喝酒还是好兄弟。二大牙、五大巴子说，四哥，俺知道了，你是想吃独的。好，俺不沾你光了。二人悻悻地离去。

天色将晚，四大嘴回家抱来被子，晚上睡在苹果旁。第二天还搭了个简易窝棚，吃住在场里。

四大嘴看主人三天没来，报告村主任。村主任表扬四大嘴做得对，没丢咱村的人，我看再等几天不来，要想法处理，不然果子坏了咋办？是啊，现在就有快烂的了。

两天后村主任跟四大嘴决定把苹果卖了，发动村民自愿买。大喇叭一喊，村民蜂拥出村，带包、带篮子的来到家北场里。

苹果是红富士，这成色的果子市场价5元一斤，村主任讲明道理，咱按公道价，不能乘人之危。

四大嘴过秤记录，村民自觉把钱往酒箱子里放。

二大牙、五大巴子见村主任到场，歪点儿没出，还都买了苹果。他俩抽着烟，帮四大嘴整理苹果。不到中午一堆苹果卖完了。

他们帮点钱，把百元、五十、二十……的分类，共卖了15136.7元。苹果共3027.34斤。

村主任在斤数、钱数的条子上签了字。好，午饭我请客，去"兔子炖鸡"。

行，俺把苹果钱送回家，马上到。

四大嘴喊住他俩，说，兄弟，你俩知道我为啥帮人家？那年，我去黄河南驮地瓜秧子，遭了大雨，没法骑车子，邓龙村民给我派车套驴拉回来。谁没个三灾八难的？

二大牙、五大巴子笑了，四哥做得对。

四大嘴临走，把酒箱拆了，弄个牌子，写上"拉苹果老乡，村头儿第三门找我"挂到了树上。

1978 年的一只母鸡

陈振林

1978 年，我准备参加高考。

我的学习基础较好，又勤奋刻苦，是老师们公认的好学生。可是，给我上课的刘老师担心我身体太差，一阵风就要将我刮走似的，如果紧张地复习备考，身体很可能吃不消。刘老师对我爹娘说："得给孩子加强营养，每餐白米饭是少不了的。"当时的条件，一天能吃上一顿米饭就是幸福生活了，哪里还能加强营养呢。

于是，娘养了十六只母鸡。娘听人说，有了鸡，就有了"鸡屁股银行"；鸡下蛋了，就有了源源不断的财源。可是，连人都没有吃的，下蛋的母鸡到哪里去寻食呢？

队里的禾场上有。

队里的禾场，是队里打场晒粮的场地，只要是有阳光的日子，禾场上总是晒着稻子或者小麦。我们家离禾场不远，隔着一条十多米宽的河。晒好了稻子，禾场上劳作的人们回家去了，娘就站到了家门口，"咯罗咯罗"一吆喝，十六只母鸡跑了出来。又一声"哦嘻"，十六只母鸡像十六架小飞机，飞向了河对岸的禾场，争先恐后地吃起了稻子。一袋烟的工夫，娘长长的一声"咯罗——"，十六只母鸡又像小飞机一样飞了回来。

娘的鸡窝，每天都会有十六个鸡蛋，一个不少。娘的"鸡屁股银行"办出了成效，用鸡蛋换成了钱，换来了油盐，时不时地买些鱼和肉回来改善生活。我的身体也强壮起来，一顿能吃上好几碗饭。娘的脸上爬满了笑容。

高考前几天，我放学回家，队长焕叔找上了门，说娘的鸡偷吃了禾场上队里的粮食。娘听了，反驳道："你咋知道那禾场上的鸡是我家的鸡？我家的鸡能飞过这么宽的河吗？"焕叔听了，悻悻地走了。

第二天，娘瞅着空子，又将鸡赶着飞到禾场去吃稻子。鸡飞回来的时候，娘大声清点着，只有十五只鸡，少了一只鸡，豌豆花色的鸡。下午，娘数鸡的声音更大，还是只数到了"十五"，还是少了那只豌豆花色的母鸡。娘到禾场去找队长焕叔。没找着焕叔，娘却找到了那只母鸡。鸡已经被人用砖头砸死，拉出了鸡的食囊。食囊破开了，是一粒粒饱满的稻子。娘大声哭骂："是哪个缺良心的害死了我家的鸡……"

禾场上没人敢和娘答话，都怕自己被冤枉成杀鸡人。娘骂了几句，提着死鸡，走回家来。当晚，我们的晚餐自然是那只母鸡了。娘用炉子小火煨汤，递到我的面前，说，就要高考了，得好好补补身体。娘的脸上堆满了笑，没有一丁点儿失去一只鸡的痛苦。

可是，第二天上午，娘又去禾场开骂，骂那个没良心的杀死我家母鸡的人。娘似乎走得很急，穿着爹那双大大的布鞋。骂了几句，晒稻子的人自然又不敢应对。穿着大布鞋的娘转了一圈就回来了。大布鞋里，满是稻子。下午，娘又穿了大布鞋，去禾场骂那杀鸡人。

几天下来，大布鞋里的稻子，居然装满了我家的米缸。娘说，这下我家的小子高考前的白米饭不用愁了。

喝了鲜浓的鸡汤，吃了白白的米饭，果然，我的高考很顺利，考上了省城的一所重点大学。临去大学报到的前一天，娘对我说，你去队里每家每户道个谢，算是替代我了。要知道，你考试前吃的白米饭是队里的粮食哩。

他们不是有人打死了我家的豌豆花母鸡吗？我反问道。

娘只是笑，像个小孩子一般。

那年冬天好大雪

连俊超

腊月里，冬天像是一台年久失修的鼓风机，把粗糙的北风吹得没完没了。

我们裹着棉衣或棉被在刚盖好的大楼里抽烟、打扑克。我们在等着工头儿回来发工钱。出来半年了，我们才领到了三个月的工钱。工头儿说，他也没拿到钱，要找开发商去要。他开着轿车出去几天了，眼下风还没有把他给吹回来。我们只管等，这种情况见多了，除了等，我们也实在想不出别的办法。

下午，胡小兵正在那边打扑克，突然披着他的破被子凑到我身边，递给我一支烟，说："叔，抽支烟！"我说我自己有。胡小兵硬是塞给我，还给我点着了。胡小兵今年才跟他爹出来。几个月前，他爹从脚手架上掉了下来，摔坏了腿，回家了。我想这小子可能有什么事。我抽了一口，说："有啥事？"胡小兵嘿嘿一笑，说没事。

我拿出自己的半瓶酒，说："来一口？"胡小兵还是嘿嘿笑着，接过去，咕咚灌了一大口。我也喝了一口，胸口立即暖烘烘的。在这冰冷的城市、冰凉的大楼里，要是没有一口酒，我怕自己会冻僵。胡小兵喝过酒，脸色通红地说："叔，我爹的腿不行了。当初以为是小事，可后来加重了。"我不知说什么好。胡小兵又给自己灌了一口，说："上个月我给娘打电话说给她寄一千块的，可那天我把准备好的钱给糟蹋了。"

"怎么弄的？"我问。

"几个哥们儿在一块儿玩牌输掉了一半——我本来想捞点儿，多给家寄些的。"胡小兵通红的脸上滚动着几滴泪珠，"现在我就剩五百了，我给娘说过要给家寄一千的。我怎么凑也得凑够一千块。"

我口袋里也没有几个子儿。家里老老小小的，都张着嘴等我一个人喂呢！虽说我和胡小兵是老乡，可挣的都是血汗钱。我吞吞吐吐地说自己口袋里没钱了，都寄给家里了。胡小兵盯着我，说："叔，就借一百，等发了工钱就还你！要是工头儿不回来，侄儿明年出来的第一张钱就还给叔！"胡小兵几乎是一字一顿地说。屋子里的人都不再乱嚷嚷了，而是把注意力都送给了我和胡小兵。那时，屋内寂静无比，楼外是北风疯狂的尖叫。

我顿时感到尴尬万分。胡小兵脸上挂着的泪珠令我不忍再看。我翻了几层衣服，掏出两张藏好的百元票子，说："侄子，拿上，什么时候说还钱我就不再答理你！"我说完，有些手足无措，夺过酒瓶一口气喝干了。

"胡小兵，还差多少？"突然有人问。胡小兵哽咽着说："三百。"

"既然答应过给娘寄一千的，就不能寄五百，差多少我们给你凑齐！别嫌少，拿上这五十吧！"一只只粗糙皲裂的手伸进了口袋。一张张皱巴巴的人民币塞进了胡小兵的手里。胡小兵流着鼻涕，不住地说着"谢谢"。

我的鼻子酸酸的，出来半年我鼻子还没这么酸过。我朝窗外瞟了一眼，看见了随风飞舞的雪花。我说，北风得了势了，把大雪也叫出来了。我在外跑了几年了，从来没见过这么大的雪。雪片似乎把所有的大楼都塞满了。

我们一屋子人都挤到窗户旁，争着看大雪。

不时有人说："也不知道咱们家里现在下雪了没？"

"咱家的雪肯定比这里的要大得多！"

那年，我们没有等到工头儿回来，就一起卷起铺盖奔向火车站了。坐在火车上，仍然看得见窗外的雪片追逐着火车飘飞。

在老家时，胡小兵的娘见到我总是说，小兵跟着你，多亏了你照顾。

我扭脸往远处望去，我总是看见苍茫的天地间腊月雪翩翩飞舞。

劳动节是什么节

王文钢

柳条弯弯，杨树吐絮，旭日初升，小禾背着小翠给他洗好的被褥离开了村庄。

小禾的步子轻快，小禾望着路边盛开的油菜花，吹起了口哨儿。

小禾想着刚才离开家门时，小翠在他的肩膀上轻轻地拍了一下，不要回来那么勤，一次十块钱的车票呢，家里的活我能忙完。

小禾当时笑了笑。小禾望着小翠红彤彤的脸，听着院子里黄狗汪汪的叫声、母鸡咯咯哒的鸣唱，说了句，好好好，等布谷鸟来了，我再回来吧。

小翠扑哧笑了，布谷鸟来了，麦子就黄了，你小禾能熬到那时候？你小禾就是不想我，也得想你闺女吧。

话是这样说，小禾的心里却是明镜似的，要不了几天，你小翠就得给我打电话让我回来。天暖了，麦苗一个劲往上蹿，麦田里的野草也开始疯长起来。要打农药，要除草，你小翠一个女人家，四五亩麦子，你能忙完？年年都是我回来打药除草。看你能的，就没想到你们女人的力气还是不行的。

想到这些，小禾的步子迈得更轻快了，踩在通往公路的石子路上，就像踩在弹簧上。此时，耳畔鸟声啾啾，微风习习，远处的河面上，氤氲起薄薄的雾霭。

小禾在城里的一家建筑工地干瓦工，每天，挥着瓦刀，两千多块红砖被他整整齐齐砌在墙上。城市的高楼大厦，在他们这些人的手中，一天天耸起。

很多时候，小禾站在几十米高的架子上，叼着烟卷，挥着瓦刀，目光穿过防护网望向家乡的方向。

出来快一个月了。小禾给小翠打了几次电话，小翠都说家里没事，老人孩子都好，让他在外面安心干活，让他早晚穿厚点。早晨和黄昏，天还是有些凉的。

那个暖暖的午后，小禾坐在架子上歇息。望着天上悠悠白云，望着飞过的小鸟，小禾想，现在正是草长莺飞的季节，田里的野草正在疯长，麦苗正在吐穗，小翠怎么就没跟我说马上要打农药了呢？

快到月底的一天，小禾耐不住了，给小翠打电话，小翠，该打农药了吧？

小翠在电话那头"嗯"了声，我已经打过了。小禾有些不相信，四五亩地的麦子啊！什么时候打的？

小翠笑着说，你不要操心了，我前几天就打过了。娘带孩子，我借人家的三轮车，拉了几大桶水，整整打了一天。

小禾听小翠慢腾腾地说完，想着小翠吃力地从河里提水的情景，就说，小翠啊，我……

小翠在电话那头说了句，过几天就是劳动节，你回来吗？咱带着闺女出去玩玩吧？

小禾愣了一下，小禾说，小翠，劳动节是什么节？我们建筑队没这个节日。要不，过几天，我请假回去吧。

小翠后来说，那就算了吧，你别回来了。

给小翠打过电话，小禾的心就没平静过。黄昏放工后，他恹恹地下了架子。吃过饭，他问几个工友，劳动节工地放假吗？劳动节你们回家吗？劳动节是……

几个工友都用一种怪怪的目光望着他问，小禾，劳动节是个什么节？劳动节是咱干活出力人的节吗？

小禾抬头望着家的方向，眼睛有点发酸，劳动节是劳动者的节，怎么会不是咱的节日？过几天，我就请假回家几天，给自己，给小翠，好好过一过这个节！

几个工友不声不响地走开了。小禾摸出电话给小翠打过去，小翠，劳动节我回家，过节！

台 球 张

金晓磊

我叫他张老板。其实，他比我这个穷学生，多不了几个钱。

他在骆家塘的街头，守着几张台球桌维持生计而已。的确，只是而已。

按年纪，他其实也可以做我的"伯伯"了。

大学快毕业的那个学期，陆陆续续有用人单位来我们学校招人了。招聘单位，除了看看相貌以外，更多的就是看看简历和分数。说起来很惭愧，这四年大学，我把很多时间都奉献给了我那温柔的被窝，或者是金华的大街小巷，还有就是那么一大堆文学书和我自己藏在抽屉里的破小说。所以，我的简历上空空荡荡，我的成绩单上，也没有像父亲拾掇农田那样挂满黄灿灿的稻穗，只剩下"补考"、"重修"的屈辱历史。

在很多同学被用人单位签下的时候，我却成了张过期的船票。

一次次的失望，后来就变成了绝望。真的绝望，也就无所谓了。

于是，我重新走上"历史"的轨道。继续游荡，继续寻找别样的快乐。

台球，就这样再次走进我的历史。在这里，我用了"再次"这个词。早在读小学的时候，因为堂叔家不知道从哪里搞来了一张台球桌，我就近水楼台地玩起了这时髦的游戏。最显而易见的成果，就是这"免费的游戏"，把我培养成了乡间的台球高手，一度打遍村庄无敌手。

现在，有事没事，我总跑进骆家塘的台球室里。有时候，那里一个顾客也没有，我就一个人自娱自乐，类似于周伯通的"左右互搏"。

渐渐地，我在那里"打"出水平，"打"出点儿名气来了。

再后来，就有点像武侠片里的那样，有人上来挑战了。而且，是打那种带点彩的球。不多，一局十元，或者一包烟什么的。

一开始，我的确也有点儿紧张。毕竟，自己还是个学生，也就那么点儿生活费。但有时候，人不是为自己活，而是为面子活，何况是二十岁出头，正是死要面子的年龄。

这一豁出去，球就好打了。一段时间下来，我是赢多输少，收获不小。甚至创下了"一杆清台"的历史。

张老板，就在这个时候走进了我的历史。其实，他一直在我的历史里——顾客和店家的关系，但一直没走进来。

那个晚上，我像一头得胜的公鸡一样，骄傲写满整张脸。就在我准备回学校的时候，张老板说，等一下。

很多人和我一样，停了下来。

我想，这老头大概是见我赢钱，嫉妒眼红，想弄点彩头。于是，我满不在乎地掏出一张十块的说，恭喜发财，谢谢张老板你的福地，今天就算分红了。

这老头哈哈地笑出声来，我想和你来一局。

这话一出，我差点儿喷饭。别想着自己经营这么个螺蛳摊，看我们打球很简单，也不想想，自己都七老八十的了，还想和我来赌。

但，我的话却很有风度，张老板，你想怎么来？

就按你兜里所有的钱吧。

这句话，怎么听都觉得不顺耳。我顺手捋下手表说，加这个吧。

围观的人，起了哄。

有个人自动当起了裁判，从裤兜里找出个硬币来。

是我先开的局。

我轻轻地打出去。白球的走位，也恰到好处，没有给那个老头留下进攻的机会。

一看那老头的握杆架势——居然是用球杆的大头击球的。我狂跳着的心，一下子安静下来。而且，我第一次看清楚了那老头的左手。那左手的小指居然是没有了的。四个手指畸形地按在球桌上，在那盏昏黄的灯下，露出狰狞的面目。

周围的人，都露出了不易察觉的嘲讽来。

接下来的局面，似乎成了一边倒。

我的色子球，大部分已经安静地躺进了网兜里。

而那老头的花色球，在台面上，从这边滚到那边，队伍完整，也在帮着我一起嘲笑那老头。

就在我的色子球还剩下一颗的时候，老头突然转变了枪杆。这是我始料不及的。

局势，是瞬间扭转的。

那老头犹如神助，噼里啪啦几下，花色球瞬间就被消灭成只剩下一颗了。

豆大的汗珠，从我的全身一下涌出来。

那最后一颗色子球，似乎也故意和我作对，怎么击打，就是不进网。

老头以一记漂亮的"回力球"，把"8"号球送进了网兜，也顺势击中了我的心脏，把我定在那里。

后来，其他的人如鸟兽散去。剩我在那里发呆。

那老头，把我叫进了他的小矮屋。

他把我所有的钱和手表，塞进了我的口袋。

不知道怎么回事，我的眼泪一下子出来了。

好好读书去吧，他拍拍我的肩膀，晃了晃左手说，这根手指，被我自己砍下来的时候，你还穿开裆裤呢。那个时候，我就可以"一杆清台"了。

我点点头。

还记下了这句话：读书，才是正道。

眼皮跳

朱红娜

老李的母亲有一怪病——老是眼皮跳，隔三岔五地，就跳得厉害，且越发严重。

这病有十几年了，老李记起，从自己当上科长开始，母亲就得了这病，去了好多医院，看了许多医生，始终没检查出什么原因。

这不是病。母亲说，眼皮跳是预感，可准了。

每次母亲眼皮跳了，就跟老李说，最近有小灾，你可要小心预防。

这封建迷信，老李不相信。

可事实验证，每次母亲说过以后，总会出些问题。

这天一早，老李西装革履，正准备出门。母亲来到老李跟前说，山啊，妈右眼老跳，你千万要小心啊，注意身体啊。山是老李的小名。

妈，我身体好好的，您放一千个心好了。老李用力拍了拍自己的胸脯，让母亲看。

可晚上，身体棒棒的老李就被人抬到了医院，迷迷糊糊的老李在打了点滴稍微清醒以后，突然记起早上母亲的叮嘱，难道眼皮跳真有预兆？不对，都怪那帮王八龟孙，说什么三十年茅台不醉人，硬是被灌得不省人事。

说了"右眼跳，灾星到"，你偏不信。不听老人言，吃亏在眼前。母亲在老李面前直唠叨。

好了好了，这次是例外，下不为例。

没过几天，母亲又说右眼跳了。母亲叮嘱要防血祸，开车要小心。几天后单位的车就出了车祸，虽然老李不在车上，车也只是撞上了树干，瘪了车头，但老李仍然冷出了一身汗。莫不是母亲的眼皮跳准了？

单位人事变动，老李发现科室里有人背后搞他的小动作……老李才想起母亲几天前曾告诫他要与人为善，不与小人计较。原来母亲说的小人还真有。罢了，就听母亲的，任他去吧，不与小人一般见识。

"左眼跳财，右眼跳灾"，老李的母亲从未左眼跳过，每次都是跳灾。

妈，你就不能左眼跳跳吗？老李戏谑道。

山啊，妈左眼跳了，你有好事了。终于有一天，老李听到了母亲的报喜。

其实，不用母亲左眼跳，上级已跟老李谈话了，要提拔他了。

母亲的眼皮真灵，老李心服了，真信母亲了。

妈，等着吧，以后您就不会右眼跳，只会左眼跳了。老李喜滋滋地跟母亲说。

糟了，糟了，右眼又跳了。老李笑声还没停下来，母亲的惊叫声就响起来了。

妈，怎么了，好事黄了？

山啊，福祸相依，福也祸也。

220

老李一听浑身打一激灵。

此后，母亲隔三岔五就右眼跳。老李刚想收老板送上的巨款，母亲就说右眼跳了，老李马上把手缩了回来。

老李对女秘书动心了，母亲的右眼又跳了，山啊，你可要防色劫啊。老李牢记母亲的话，再看女秘书的时候，怎么看怎么丑陋。老李就把女秘书换成了男秘书。

母亲的眼皮不时地跳。老李宁可信其有，时时防着，处处谨慎。

许多一把手纷纷落马了，老李却安然无恙，安全着陆。

老李悠闲在家，看八十多岁的母亲身体健朗，脸色红润，不时仍在厨房忙碌，烧他喜欢吃的菜，在阳台侍花弄草，老李感觉自己特幸福，仿佛又回到了童年，被母亲宠着、爱着。

老李突然发现，母亲的怪病竟然好了，再没听她说过眼皮跳了。

山啊，那是骗你的。母亲嘻嘻笑着说，我的眼皮从来就没跳过。

老李挠了挠头，忽然明白了母亲的良苦用心。

乡长回家

骆 驼

毛乡长搞完庭院经济发展规划，笔一搁，与办公室秦主任打过招呼，便匆匆往家里赶。

老爹一拨儿赶一拨儿地带信来，说病得快不行了。

毛乡长一拖再拖，总也撂不下手头的事，芝麻豆子一大把。

这些天全县上下一片闹腾，利用农闲砍杂去乱栽果树大战正酣。

路上随处可见倒伏的杂木新辟的坡。毛乡长一阵惊喜，总算忙得有了些看头，又为乡亲们办了一件有益后代的大实事。

毛乡长刚从屋角一转身，便瞥见老爹一张天要下雨的脸。身旁那一大厢竹子和几大圈篾条使干瘦的老爹显得更小了。

爹。毛乡长满脸春光，你的病好些了吗？

就差一口气了！老爹也不抬头，一撂手中的篾刀，哟，乡长大忙人视察工作，体贴民情来了？

爹，你这是……我不是抽空回来看望您吗？

看啥？一张老脸，认不得？走，看看你的成绩去！

老爹倒背了双手，一晃一悠地走。

毛乡长莫名其妙，在后面挪着步。

眼前是家里的责任田，田边几米外坎下的是一片竹林。竹林里全是竹桩，几根碗口粗的柏树横在地上。

我问你。老爹扭着脖子，晓得这片竹林不？

咋不晓得？毛乡长有些激动地点点头。自己从小学到初中，从初中到高中，一分一角的学费都是从这竹林里来的。老爹用竹子编篾器卖，供一家人零用呢。

老爹胡子在抖，我问你，晓得这些树不？

这些柏树是十几年前老爹与自己兄弟几个一起栽下的，老爹特精心地看护他们，常把柏树比作人，叫他们兄弟几个挺直腰生长。

爹，为了上规模，成规范，杂乱都得去除。

杂乱？老爹一拍大腿，这叫杂乱？那么，这好端端的田里硬是要挖坑栽树变成地，叫啥？这田还要种不？

爹，栽上果树，就是栽了摇钱树呢！

摇钱树？前些年该栽得多吧！后来呢，摇了钱没有？栽了砍，砍了栽，究竟要折腾到啥时候？

我问你！老爹从衣兜里拿出一张"收成早知道"，说，这是你乡长大人的功劳吧？"增收两百元，增粮两百斤！"土地像灯盏，眨巴眨巴只见减少没见增多！这庄稼能像高楼那样长？

爹，这是上面提的增收计划和奋斗口号嘛！

计划？计划来计划去都是空话？年年增收两百斤，隔个十年二十年的，这一块田就会亩产几千斤？上面某些人半天云里练武术——尽出空招，你这土生土长的一乡之长就能说句厚道话吗？

你看看。老爹指了指竹林，你那宝贝摇钱树往哪栽？

这是一片石骨山，竹根从石缝里顽强地探出头来。

长几根竹子还能卖几个钱，这一阵乱刀，草都难长了。老爹眼里有泪花闪动，这办啥事，也要讲个……这个叫……因地制宜不？该砍该留咋规划，咋就不事先长个脑壳？

爹……

莫喊爹！这些事办不成，你就是我爹！老爹使劲一捏鼻子，一把鼻涕甩在一个树桩上，颤悠悠倒背着手走了。

毛乡长心头乱麻一坨，顺势坐在田坎上，燃起了一支烟。良久，毛乡长摁灭了第八个烟头，与老爹打过招呼，便踏上了回乡政府的路。

他想，这工作，是该稳脚稳手地搞，那计划，也该改一点，添一些内容了。

转过那道胳膊肘般的大弯，毛乡长见老爹还在院坝边朝这边看。他的脚步便更加稳健有力了。

父亲的鸡啼声

徐水法

父亲进城的第二天就告诉我，他听到了鸡啼的声音。

我不信，对父亲说不可能。这是全县城里最现代化的住宅小区，怎么可能允许住户养鸡呢？

父亲坚持说听到了鸡啼声，我说你准是想起了我们原来住的地方。那里没有围墙，没有物业。住户们养什么的都有，整天鸡啼狗吠猫发情。一大早还被灌煤气、买早餐的吆喝醒，整个一大杂院，和我乡下的老家没两样。

那里只有单位分的一间房，厨房、卫生间都是公用的，父亲来了没法住。现在换了大房子，我就把住在老家的父亲接来住。可父亲一连几天都说听到了鸡啼声，害得他翻来覆去睡不好觉。

父亲还说只是这鸡啼声不如乡下老家的公鸡打鸣洪亮、清脆。听着涩涩的，有说不出来的感觉。开始，我觉得可能父亲刚从乡下老家来城里，一下子不适应这城市的生活，出现了幻听。连续几次听父亲说得有鼻子有眼的，我决定趁周末去周围打听一下有没有人养鸡，省得父亲整天想着这件事。

左邻右舍，楼上楼下，包括前后楼，我用两天时间带着父亲问了个遍，都没发现谁家养鸡。这上楼下楼的把我累得够呛。父亲比我精神好，大约整天在山上田里劳动的原因。

一连几天，父亲没说什么，总是坐在阳台上一动不动。我有点奇怪，父亲说除了周末出去找鸡没听到鸡啼声，这些天依旧听到了。我有点担心了：我们一家人都没听到，为什么就父亲一个人听到了鸡啼了呢！会不会……

我带父亲去医院检查耳朵，折腾了一上午，所幸各项指标都很正常。回家后，父亲仍说听见了鸡啼！当天晚上，我和父亲睡一张床，和父亲聊了很多村里的事。开始我还饶有兴趣，后来我睡意渐浓，可父亲依然兴致颇高。我只好推辞说第二天要上班，父亲才打住话头。我一觉醒来，发觉父亲仍在翻身。我迷迷糊糊问他，父亲说睡不着，睡梦中的我被父亲推醒说让我听鸡啼声。我一骨碌坐起身，不禁哑然失笑，告诉他这是楼下那户人家的闹铃声。他家儿子今年参加高考，担心考不上重点大学，每天提早起床一个小时，让儿子温习功课。这和我们楼上楼下都打过招呼的。没想到这闹铃声设置的居然是公鸡的啼鸣声，难怪父亲说这声音有点说不出来的感觉。这机械的声响，怎么可能和乡下自家养的公鸡报晓声一样呢！

我以为父亲这下肯定会安心在家里住下去。乡下就剩一老房子，他不在我这儿安心养老，还能怎样！

过了一段时间，父亲说听到狗叫声了。几天后，父亲又说听到两只猫在发情打架。我说肯定是您老整天没事瞎想折腾出来的，我们这样的高层建筑小区怎么会有狗啊、猫啊！没事就看看电视吧！千万别瞎想，养儿防老，您就快快乐乐地享几年清福吧！

父亲嘴里答应着，好长时间也没再和我说听到什么的了，不过他待在阳台上的时间越来越多。我每次问他有心事吗？他总是躲着我的眼神，连声说"没事没事"。后来我突然想到，父亲肯定是想乡下老家了。我就问他，父亲连连否认，没有没有，这乡下哪有城里好啊！不过，我还是看出来，父亲坐在阳台的阳光里，像一株水土不服的植物在渐渐枯萎。

有一天，我在单位里和人聊起我的困惑，有个年纪较大的同事告诉我说，你父亲肯定想家了！我说不是啊，父亲亲口告诉我的啊。同事说，你不懂父母心，他是不想让你担心，不信你周末带着父亲、孩子回乡下去一趟试试看。

周末我对父亲说回乡下老家一趟。我分明看见父亲眼睛一亮，随之装作淡淡地说，老家又没事，你那么忙，这不是耽误工夫吗？我说，这个周末刚好没事，现在不就流行乡村游、农家乐吗？我们全家也时尚一次。

父亲听我说完，马上步履轻松地去收拾自己的衣物去了，嘴里还哼起没有词的小调来。看着他瘦削挺拔的背影，我才醒悟，父亲是一棵树，一棵只适宜生长在乡下老家的大树！

时 间 累 了

杨锡章

张三往家里急赶。

现在是晚上九点五十九分，离家还有二十米。

张三边走边解外衣纽扣，到家门口时一只手去推门，一只手松腰带。门开了一条缝儿，张三侧身而入后屁股一摆，门就"砰"地关上了。他三两步到了卧室外，外衣已捏在左手，右手推开房门，顺便在门楣边拉亮了灯，又反手一下把门关上了，两只脚后跟互蹭一下，脚大半脱出了鞋子，衣服往床头一丢，脚尖一踮出了鞋子后，裤子掉了下来，再伸手一拉一扬被子，被子飘了起来，他就势一个翻滚，便稳稳地钻进了落下来的被子中。那只没有被盖住的脚在床头找到了另一根灯线后用脚趾夹住一拉，灯熄了。张三安然入眠。

不用看表，现在是十点整。

张三准时十点钟上床休息，只不过有时和朋友们喝酒耽搁一会儿，今夜就是这种情况。所以，张三用提高效率的办法还是准时到了床上。

张三是个守时的人，他的每天都排得满满的，所以休息对于他相当重要。因为，如果不按时休息，第二天就会累，就会体力不济，更主要的是打乱了他的生物钟。而且，一旦有过第一次不守时，那么就会有第二次延误，第三次……

所以张三必须按时休息，因为张三必须要按时起床。

当黎明刚刚打个呵欠，一天的时间蹑手蹑脚地猫腰出来时，张三耳朵一竖，双手一撑就坐起来了，一骨碌起来，开始了他紧张的一天。时间"嗖"的一声像箭头一样呼啸起来了。张三如厕，时间如箭一样射在便池里；张三刷牙，时间如箭一样在口腔里射着牙齿；张三洗脸，时间如箭一样在脸上开花；张三吃饭，时间如箭一样在碗里溅起饭粒；张三做活儿，时间如箭一样在地里射倒一片片杂草，射倒一片片成熟的稻子。到张三身子如弓弦一样地绷直，猛地射出当天最后一箭，射落了太阳，张三的一天就圆满地完成了。对，张三就是弓，时间就是他的箭。张三每天都射出无数箭，每箭都命中张三给自己定的目标。

二十年来如此。

可是今天早上，张三起来时，感觉自己这把弓有点儿拉不开了。他还看见，时间这支箭伏在床头上不亮了，有点儿生锈了。

张三努力地拉直了身体，去拿这支箭。可是这支箭一下子断了，散落在地，马上断成了无数段，不成段了，成点，这些点滚了一地。阳光从窗玻璃上射进来，这些小点很快就化在晨光里，还原成了若有若无的光斑。这些光斑跳动着，很快形成了一条光线，从卧室里抽身出去了。

时间还原了它的无形。

但是，时间很快又以另一种形式进来了，是弥漫进来的，如一团雾渐渐地向张三扑来，很快就压在张三身上。坐起来的张三感到浑身一沉，他双手努力地撑在床上，手却一软，整个人就倒在了床上。这团雾罩着他，越来越厚，越来越重，紧紧贴在身上，滑溜溜的，肥皂一般，污水一般，从他的毛孔往体内渗透，从眼里耳朵里鼻孔里嘴里往体内灌进去。张三浑身动弹不得。

而且，这团雾，时间的雾，还有各种味道，汗臭，血的腥，泪的咸。这些味道他很熟悉，是时间之箭擦着他的皮肤擦出来的。其实，他此时才明白，时间之箭最终射中的是他，他才是这箭的目标。他这把弓射出了多少时间之箭，自己就中了多少箭。

这时间的雾里，还有霉味，比臭豆腐还重的味道，他先前也闻过，这味道来自于他长期浸泡在风雨里的身体和心灵。他记起来了，大雪纷飞，别人都缩在家里火炉边，他独自出外奔波，身体在世界这个大冰箱里如同冷藏，时间就像刀一样割着他。大雨滂沱，别人都在屋檐下，他冲进瀑布中，身体在急流里颠，时间如乱刀一样砍着他。骄阳似火，别人都在树荫下摇着扇，他扑进热浪中，时间如同火一样吞没着他。逢年过节，别人都一家子地喝酒畅谈，他却还在忙碌，时间如乱麻一样地捆绑着他……

时间在他手里奄奄一息。

时间在他心里郁郁不乐。

时间终于到了极限。时间崩溃了，疯狂了。

现在，时间把这个不可一世的张三压倒在床上。

张三一动不动。

时间松了一下。张三感觉身体好受了一些。但他还是一动不动，时间的雾慢慢地散开了。

张三抓住机会了。他猛地一跃而起，时间的雾被他的身子撞倒在地。张三准备下床。

他过高地估计了自己。

时间的雾重新汇聚，只是一秒钟，就再次覆盖上来，而且还伸出一双手。张三也伸出手，和时间的手扭打起来。一会儿，张三把时间的雾压倒，一会儿时间的雾把张三摁住。这样子干了一阵，张三支持不住了，重新被死死地压在了床上。

过了一会儿，张三又跳起来，时间的雾又扑上来……

如此反复几次，张三停止了反抗，时间的雾也停止了压制，双方都没有力气了。

躺在床上，张三睁着死鱼一样的眼睛，看见时间的雾里，一张又黑又瘦又脏又臭且披头散发的脸。那是时间的脸，也是他自己的脸。张三不忍也不愿再看了。他索性闭上眼睛，躺着不动了。

这是张三平生第一次不按时起床，这是张三平生第一次在白天睡觉。

先是身体针扎一样地疼，然后渐渐麻木，最后如春天的土似的松动了，无数小虫子在体内钻，钻了一阵后，小虫子钻出了冷硬的身体，身子浑然清爽了。

张三感到时间的雾变淡了，退出去了。在院子里闪着光。

张三决定今天什么都不干了，放过时间。时间累了，他要让时间歇歇。

一直睡到午后，张三才慢慢地起来，来到院子里，看见花朵正自在地开放，阳光落了一地。风轻轻吹来，时间和阳光趴在地上，在树枝头起不来。张三也不想站起来，他泡了一杯茶，稳稳地坐在靠椅上，感到从未有过的舒服。他端起茶，清香扑鼻，这是生活的味道啊。

他看见，时间如同一朵阳光一样，在茶水里晶晶亮亮的。

油酥烧饼

张 凯

西河滩紧靠淮源码头。自盛唐以来聚集着艺人、赌场、妓院，滋生出茶馆、饭店、小吃。淮源虽物产丰富，但无特色美食。淮源人念旧，一直没忘记唐豁牙店铺前那块"油酥烧饼"的御匾，修县志的人硬是把油酥烧饼当作淮源美食记载。

据《淮源县志·美食篇》记载：明太祖朱元璋与亲家鄂国公常遇春携太子朱标、太妃常氏，回淮源常家坟镇永平岗省亲，至西河滩已近晌午，一行人人饿马渴，寻店家御用，提水饮马。至一店铺前，一股香味扑鼻，见一个个巴掌大的烧饼，色泽金黄，汪着油，透着亮，二话不说，铺前落座，吃起焦酥酥香喷喷的烧饼来。饭饱精神爽，朱元璋兴致大发，命随从取来纸笔，笔转墨落，"油酥烧饼"跃然纸上。

西河滩有三家烧饼铺子。朱元璋一行，落座的这家店铺姓房，另外两家是唐姓和殳姓。朱元璋望着"油酥烧饼"，遂命三家店铺，各打一炉烧饼，呈来定夺。堪称美食家的明太祖，细细品尝，金口一开，唐家烧饼夺魁。店老板唐万财精明，远赴徽州，请名工匠至府中，制成花梨木御匾，悬于店门上方。

唐家后人唐豁牙，今年六十有六，油酥烧饼的正宗传人。

他心中清楚，几百年来，"油酥烧饼"御匾虽世世代代悬于唐家店铺，但唐家男不娶房、两家女，唐家女不嫁房、两家男，三家为这块御匾明争暗斗了几百年。

唐豁牙七八岁的时候，就意识到爹仇视房老黑一家。懂事后，他觉着房家人挺好的，可爹为什么那么恨房老黑呢？更让他觉得好的，还是房老黑的闺女秋香，生得一双会说话圆溜溜的大眼睛，害得他常常站在自家店铺前，踮起脚，眼巴巴地看。十七岁那年，唐豁牙春心萌动，每天都瞅见秋香从淮河往家里挑水，就生了怜爱之心。他憋屈得慌，昨晚俺在山上都和秋香那个了，从圣泉里挑两桶水送给她，难道错了吗？竟被发了疯的爹下了狠心，打掉两颗门牙。房家祖祖辈辈人丁不旺，唐豁牙被打后，房老黑被欺，一天夜里，带着闺女秋香远离淮源。从此，"油酥烧饼"御匾得以安稳地挂在唐家店前。

秋香一家离开淮源后，唐豁牙和他爹顶起来，媒婆踏破门槛，硬是一个不见。唐豁牙这根独苗，默默地用这种手段报复爹的那一拳头。唐豁牙爹咽气的时候嘴大张，似乎有话要说；两眼直瞪瞪的，不肯闭上，似有终生的遗憾。唐豁牙在爹死后，每天只出十炉烧饼，太阳爬过柳梢，烧饼无剩，关上店门，便在西河滩转悠。

改革开放后，淮源经济发展迅猛，十几年间，近千块"油酥烧饼"匾牌挂满大街小巷，成为淮源一道亮丽风景。唐豁牙没因生意兴隆而改变每天只出十炉烧饼的规矩，在西河滩，谁要想买到唐豁牙的油酥烧饼，天不亮就得到他烧饼摊前排队。

今年年初，西河滩新开一家秋香大酒店，电子显示屏显赫滚动着：本酒店二十四小时供应祖传六百多年的油酥烧饼、老板娘独创的秋香沙汤、特色泡条馍子、柴火羊汤，欢迎品尝。

一天，唐豁牙听常客说，秋香大酒店因卖祖传的油酥烧饼和秋香沙汤，生意火爆。一听"秋香"二字，他心里一打激灵，难道是……得亲自看个究竟。

这天早上，唐豁牙瞅着秋香大酒店顾客爆满，他也随顾客走进店里。一个年约半百的男人热情地招呼他就座。唐豁牙一看这人，眼熟，不禁一震，问道，请问你们店老板贵姓啊？那男人说，我算是店老板，但真正的老板是我娘，姓房。我是遗腹子，就跟娘姓房。唐豁牙一听，正在品尝的油酥烧饼掉在桌子上。那男人并没有察觉到，接着说，娘一辈子没改嫁，拉扯大我不容易。我们在漠河那边生意做得很红火，但寡母日夜思念淮源，非要回来不可……

唐豁牙跟跟跄跄走出酒店，蹒蹒跚跚回到家，关上店铺，蒙头大睡三天，从此西河滩就少了一家"油酥烧饼"店铺。

一天早上，唐豁牙从圣泉里挑了两桶水来到秋香大酒店前。此时此刻，他终于明白爹为何在当年下那样狠心。秋香的手艺虽然无人能比，但烧饼入口，还是能感到有水管子的铁腥气和自来水里的消毒剂味，只有用圣泉里的水和面，打出来的烧饼才能看着汪着油、透着亮，吃着焦酥酥、香喷喷。

唐豁牙正要进门，恰巧碰见一老年妇女，四目对视，都愣在那儿……那老年妇女在想，你这男人啊！儿子都50岁了，咋今天才把两桶水送到……

半个鸡蛋

衣　袂

有钱没钱，剃头过年。在农村，正月里是不许剃头的，剃了头，不是妨碍舅家，就是伤害自身，总之是件很不吉利的事。

腊月二十五是老高剃头挑子上老鸹岭的老日子。老高五十出头，一年四季穿一身粗布黑衣服。肩上担着担子，一头是放剃头工具的木箱，一头是一个铁皮炉子，常年生着火。到了村里，老高就在炉子上面放个洋瓷盆烧热水，然后打开木箱，取出那把又薄又长的剃头刀，在磨刀石上霍霍有声，然后再清水濯洗，挥舞试风，银光飞溅处，直让人颈上生寒，吓唬得小娃不敢号哭，缩着脖子往自家大人怀里拱啊拱。

吃过早饭，胖婶就端出破筐箩，在为数不多的几枚鸡蛋中反复比较，拣出最小的攥在手心，然后满院扯着脖子喊更生。墙角的大铁锅里正噗噗嗒嗒地熬着猪食，大丫头桂枝守在旁边，边搅拌边往灶里添加柴草，眼缝却见不得娘的小气，就忍不住嘟哝："你那拿的哪是鸡蛋啊？不知道的还以为是麻雀蛋呢——也不怕人笑话！"

"笑你娘个腿。亏你还是上过初中的大姑娘。要不是老娘苦扒死挣的，靠你那八百锤打不出一个响屁的爹，别说麻雀蛋，鸡屎都没得你们吃。"这厢骂得热闹，引得更生探出头张望，被胖婶瞥见后，也不管他哭哭唧唧反抗，薅住便往稻场奔去。

老高的剃头担子常常设在稻场。剃一个头一毛钱，小孩只要八分，没钱交一个鸡蛋也行。因为那时鸡蛋也不按斤卖，按个，一个鸡蛋也是八分钱。

山里人厚道，专挑红皮大鸡蛋留给老高，心想人家挑着担子翻山越岭混口饭吃不容易。只有胖婶每次拿来的鸡蛋，小得不能再小，卖到集镇，五分钱都不值。胖婶是老鸹岭出名的蛮不讲理，一张颠倒黑白的利嘴，常搅得四邻不安。老高常来老鸹岭剃头，早就清楚胖婶的底细，也不跟她较真，睁一只眼闭一只眼罢了。

这次挥舞剃头刀的，却是老高的儿子小高，老高叼着旱烟袋坐在旁边监工。老高的老风湿腿越来越翻不动山路了，把儿子带出师后，老高就准备待在家里颐养天年了。

轮到更生剃头时，他被胖婶摁住还不老实，摇头晃脑碰着小高的剃头刀，结果划破点头皮。

胖婶不依不饶，说不能白划，要扣一半工钱。

小高说："行，你只给四分钱吧。"

胖婶说："我把鸡蛋给你，你倒找给我四分钱。"

小高以为胖婶家穷，原打算免收工钱，可是见鸡蛋那么小，心底不爽，就说："给钱的才找钱，你又没给我钱，我凭什么要找给你钱？"

见小高不乐意，胖婶舍不得掏钱又舍不得鸡蛋，于是就要付给对方半个鸡蛋。小高年轻气盛，懒得答理她，心想：你真能把一个生鸡蛋一分两半？

谁知胖婶转身就把那个鸡蛋放到洗头的盆里。等那鸡蛋煮熟了，把鸡蛋切开，一半塞给更生，一半递给小高。众人哄堂大笑。

小高面对着那指甲盖大小的半个熟鸡蛋，尴尬无比，接也不是，不接也不是，俊脸涨得通红。

桂枝忙完活，也来稻场看热闹，恰好赶上这一幕，那些笑声如芒在背，刺得爱面子的桂枝浑身不安。她气咻咻地挡住胖婶，拿起剪刀铰下自己心爱的长辫子，转身扔在木箱上。"这个可以抵你的工钱了。"说完，就跑，把眼泪都跑了出来。

众人啧啧，神情各异。老高始终冷眼旁观，仿佛置身事外。

过罢正月十五，老高忙活起来。央求德高望重的媒人，带着喜气洋洋的小高，挑着丰厚的彩礼，去老鸹岭向桂枝提亲。

老伴反对，说："栽棵葫芦靠墙，养个女儿像娘。咱儿怎可娶胖婶那婆娘喂养的女儿？"

老高告诉老伴："理是那个理，可是有些事情你还不明白。乌鸦窝里也能飞出金凤凰哩。"

果然，桂枝嫁过来后，不仅夫妻恩爱，还孝敬公婆，勤俭持家，和睦乡邻，人皆称赞。

哎，谁能想到，这是半个鸡蛋造就的好姻缘呢？